Séduite par le cheikh

ANNIE WEST

Séduite par le cheikh

COLLECTION AZUR

éditions Harlequin

Si vous achetez ce livre privé de tout ou partie de sa couverture, nous vous signalons qu'il est en vente irrégulière. Il est considéré comme « invendu » et l'éditeur comme l'auteur n'ont reçu aucun paiement pour ce livre « détérioré ».

Cet ouvrage a été publié en langue anglaise sous le titre :
FOR THE SHEIKH'S PLEASURE

Traduction française de
MATHILDE JANIER

HARLEQUIN®

est une marque déposée du Groupe Harlequin
et Azur ® est une marque déposée d'Harlequin S.A.

83-85, boulevard Vincent-Auriol, 75013 PARIS — Tél. : 01 42 16 63 63

Service Lectrices — Tél. : 01 45 82 47 47
www.harlequin.fr

ISBN 978-2-2802-1183-3 — ISSN 0993-4448

1.

C'était elle.

Arik ajusta ses jumelles pour obtenir une meilleure précision tandis qu'un sourire nonchalant étirait ses lèvres. La lumière du matin soulignait d'un halo doré la silhouette de la jeune femme. Une silhouette pure, et de longs cheveux qui retombaient en cascades sur ses épaules. Un instant, il avait cru qu'elle ne viendrait pas… L'apparition de cette Aphrodite solitaire constituait la seule distraction de ses mornes journées qui s'étiraient interminablement.

Il était loin, environ cinq cents mètres. Mais même à cette distance, il éprouvait à sa vue un trouble irrépressible. Ses muscles se tétanisaient et les battements de son cœur se précipitaient dans sa poitrine.

Il baissa ses jumelles avant de se frotter le visage. A quoi en était-il réduit ? Six semaines de plâtre et il se comportait déjà comme un horrible voyeur. Il n'aurait peut-être pas dû refuser les visites féminines pendant sa convalescence.

Mais il n'avait pas très envie non plus d'être envahi et de devenir un objet de sollicitude. D'autant que l'empressement des jeunes femmes dissimulait mal leurs aspirations au mariage… Hélène n'échappait pas à la règle. Il avait rompu avec elle deux mois plus tôt, sans hésiter, dès que s'était allumé dans ses yeux un fol espoir de félicité domestique.

C'était dommage, d'ailleurs. Hélène était drôle et intelligente, en même temps que très séduisante. Elle possédait en outre un appétit sexuel assez rare chez une femme. Pourtant, malgré les très bons moments qu'ils avaient passés ensemble, il n'était pas question d'envisager une relation durable. Encore moins de s'engager.

Arik vivait à cent à l'heure, dans le travail aussi bien que les loisirs. Et il recherchait la compagnie de femmes comme lui, sur la même longueur d'onde. Les histoires d'amour ne l'intéressaient pas.

En ce moment, il avait besoin d'une diversion. Une brève aventure pour oublier la frustration de se retrouver coincé ici.

Ajustant de nouveau ses jumelles, il posa les coudes sur la balustrade en se penchant avec intérêt. La beauté blonde avait dressé son chevalet sur la plage, face à la pointe rocheuse qui prolongeait la baie. Mais au lieu de se mettre à peindre, elle déboutonna sa chemise.

Arik retint son souffle. Il aurait volontiers abandonné sa chaise roulante pour l'aider à se déshabiller… Malgré sa taille très fine, elle avait une poitrine plantureuse. Une véritable beauté, songea-t-il lorsqu'elle se baissa pour enlever son pantalon, révélant des hanches bien rondes et des jambes finement galbées. Tout à fait comme il l'avait imaginée. Une femme digne d'intérêt et de curiosité.

Elle s'approcha des vaguelettes qui s'échouaient au bord de la plage et s'arrêta au milieu de l'écume qui bouillonnait autour de ses chevilles. La mer d'Arabie était toujours délicieusement chaude et tentante… Il enveloppa la jeune femme d'un regard connaisseur. Brusquement, elle se retourna, le menton relevé, pour fixer le point où il se tenait, comme si elle parvenait à distinguer sa présence parmi les ombres de la terrasse.

Il frissonna. Non, c'était impossible… Malgré tout,

l'illusion fut assez forte pour insinuer un léger doute dans son esprit. Mais déjà, elle s'était détournée pour plonger dans l'eau. Elle s'éloignait maintenant vers le milieu de la baie, avec des mouvements fluides et sûrs. Elle nageait bien. Apparemment, elle était dans son élément.

Elle ressortit au bout d'une vingtaine de minutes. Les rayons du soleil, qui avaient dissipé les pâles lueurs de l'aube, éclairèrent d'une lumière vive la perfection de son corps de déesse. Arik se serait volontiers débarrassé du plâtre encombrant qui immobilisait sa jambe pour la rejoindre sur le sable. Pour s'allonger à son côté. Pour la toucher. Apprendre la texture de ses membres déliés, son odeur, le goût de sa peau, écouter le murmure de ses soupirs tandis qu'elle s'abandonnait au plaisir…

Assailli par un désir impérieux, il s'agita nerveusement sur sa chaise. La patience n'était pas son fort. Il n'avait pas l'habitude de résister aux exigences de ses caprices.

Un siècle plus tôt, il aurait suffi d'un claquement de doigts pour qu'on lui livre sur-le-champ l'objet de sa convoitise. Malheureusement, les temps avaient changé. Le progrès et la civilisation lui interdisaient d'obéir à son instinct sauvage.

Qui était cette belle inconnue ? D'où venait-elle ? Comme il n'était pas du genre à ruminer des questions frustrantes sans agir, il se promit d'assouvir au plus vite sa curiosité. Et même davantage…

Rosalie glissa une mèche de cheveux derrière son oreille et observa son œuvre d'un œil critique. Au bout de plusieurs journées d'efforts, le paysage continuait à lui échapper. Elle avait vainement essayé l'aquarelle et la peinture à l'huile. Aucune technique ne la satisfaisait. Rien ne marchait. Même les photos qu'elle avait prises ne rendaient rien de la beauté du lieu, avec son atmosphère magique, presque irréelle.

C'était une extraordinaire profusion de détails : l'ondulation translucide de la marée montante, la teinte incroyable et la finesse du sable rose qui dessinait la petite plage en croissant de lune, avec la barre bleu sombre de la falaise rocheuse montant la garde comme une sentinelle. Jusqu'à l'architecture mauresque et fantasque du vieux fort aux murailles ocre qui dominait la baie, avec ses arches arrondies, ses entrelacs, ses à-pics et ses tours crénelées…

Dès le premier instant où elle avait découvert cet endroit, une folle envie de peindre s'était réveillée en elle, pour sa plus grande surprise. Jamais elle n'aurait cru possible d'éprouver de nouveau cette excitation fébrile qui accompagnait l'inspiration. La beauté du paysage avait accompli un vrai miracle. Cela lui avait donné assez de courage pour ouvrir la mallette de fournitures que sa mère, pleine d'espoir, avait réussi à glisser dans ses bagages.

Mais des années d'inactivité et de négligence avaient laissé des traces et sérieusement entamé ses aspirations artistiques. Il faudrait un peu plus qu'un paysage spectaculaire pour leur redonner vie. D'ailleurs, qui sait si ses dons ne l'avaient pas totalement abandonnée ?

Trois ans auparavant, elle s'était résignée avec un certain stoïcisme à cette éventualité. Comment cela l'aurait-il affectée, alors que, à l'époque, tout s'écroulait subitement autour d'elle ? De toute manière, elle n'avait plus envie de peindre. Sa famille et ses amis avaient eu beau s'en émouvoir, elle ne leur avait fourni aucune explication.

Mais là, curieusement, il s'était passé quelque chose, un frémissement, un embrasement… Malheureusement vite éteint par la décevante réalité.

Elle arracha la page de son cahier d'esquisses. Il manquait quelque chose… De la technique ? Du talent ? Non, c'était autre chose. Elle observa attentivement la scène. Malgré le mouvement incessant des vagues et le passage d'un faucon haut dans le ciel, cela manquait de vie, tout simplement.

Elle se leva et étira ses muscles endoloris par l'immobilité. De toute manière, cela n'avait pas grande importance. L'époque de sa vie d'artiste était révolue. Elle pinça résolument les lèvres pour contenir le tremblement absurde de son menton. Quelle erreur d'avoir cru, tout à coup, retrouver un peu d'espoir... C'était vraiment stupide.

Elle prit une profonde inspiration. Après tout, elle s'en était sortie. Non contente d'avoir survécu à la peur, au chagrin et au désespoir, elle avait même reconquis assez de paix intérieure et de joie de vivre pour entamer une nouvelle existence. Elle avait de la chance.

Elle rassembla son matériel avec des mains tremblantes et le rangea soigneusement dans son sac. D'une certaine manière, la vérité de l'échec artistique était plus dure à supporter maintenant, après ce bref instant d'illusion.

Elle ne reviendrait plus par ici pour se torturer inutilement. Il vaudrait mieux s'occuper autrement. Faire du tourisme dans la vieille ville, avec ses souks pittoresques et ses minarets. Peut-être partir en excursion dans le désert. Reprendre son entraînement quotidien de natation ou se plonger dans le roman policier qu'elle avait emporté pour ses vacances.

Et surtout oublier la beauté ensorcelante de cette baie déserte, avec sa forteresse échappée des *Mille et Une Nuits*.

Elle s'apprêtait à partir quand quelque chose, au loin, attira son attention. Deux silhouettes claires qui se dirigeaient vers elle avant d'obliquer soudainement vers la mer. Des chevaux. Des pur-sang arabes aux proportions élégantes, avec une encolure très fine et une robe mouchetée, blanche et gris perle.

L'un des deux était monté, à cru, par un cavalier à la peau brune et aux cheveux noirs, entièrement vêtu de blanc. D'une main, il tenait souplement les rênes de sa monture et de l'autre, il tirait le deuxième cheval par son licou.

Sans réfléchir, elle ressortit son carton à dessin et esquissa la scène. Le cou gracile des chevaux, avec leur crinière flottant au vent, et leur arrière-train puissant formaient un contraste saisissant avec la rigidité de l'homme, très droit, de profil. Ses doigts hésitèrent un instant à s'attarder sur la beauté virile qui émanait de lui. Même à cette distance, alors qu'elle ne distinguait pas ses traits, elle devinait la noblesse de son visage par son port altier.

Son cœur se mit à battre la chamade et elle se dépêcha de fixer ses impressions fugitives sur le papier. Elle venait de trouver précisément ce qui lui manquait pour achever la peinture de son tableau. Quelque chose de vibrant pour insuffler de la vie à une nature morte.

Par-dessus le bruit des vagues lui parvint la voix grave du cavalier, qui se coula en elle avec une étrange sensation de chaleur. Elle sentit les cheveux de sa nuque se hérisser. Mais, ignorant la crispation soudaine de ses muscles, elle poursuivit son dessin avec des gestes rapides et précis.

Le trio commençait à s'éloigner et elle se hâta davantage encore pour croquer la scène avant qu'il ne disparaisse. Prise d'une sorte de frénésie, elle était entièrement absorbée par son dessin, tentant de reproduire le lien qui semblait fondre l'homme et l'animal dans un être unique et singulier.

En fait, le groupe fit demi-tour et revint dans sa direction. Quelques détails retinrent son attention : le cliquetis du mors, les narines dilatées des bêtes, le rythme de la cavalcade qui s'accélérait… Le cavalier, pieds nus, avait les vêtements trempés. Son pantalon collait à ses cuisses, révélant une musculature puissante, et les pans de sa chemise déboutonnée flottaient sur son torse bronzé et son ventre plat.

Rosalie arrêta de dessiner pour lever les yeux. Lui-même était en train de l'observer, avec un regard noir, terriblement pénétrant. Elle se redressa, le cœur battant à tout rompre. Cet homme était beau comme un dieu.

Il dégageait une impression de puissance et de vitalité en même temps qu'une sorte de grâce. La brise ébouriffait ses cheveux frisés autour d'un visage exotique, aux pommettes hautes. Son nez, légèrement aquilin, traduisait une énergie peu commune. Et ses yeux soulignés de longs cils, sous des sourcils épais, étaient indéniablement ceux d'un séducteur.

Elle se détourna promptement avant de se pencher pour ramasser son fusain, qu'elle avait laissé échapper. Peut-être était-il fâché d'avoir été pris comme sujet d'étude ? Fallait-il ménager la susceptibilité des habitants du pays ? Elle aurait dû se renseigner sur les us et coutumes q'aroumis. Peut-être fallait-il demander une autorisation officielle…

— *Saba'a alkair.*

Sa voix était aussi très agréable, grave et sensuelle.

— *Saba'a alkair*, répondit-elle, contente de pouvoir répondre en arabe. J'espère que vous…

Elle s'interrompit un instant.

— Vous parlez… ?

— Je parle anglais, la coupa-t-il sans lui laisser finir sa question. Le paysage vous plaît ?

Elle hocha la tête. L'inconnu avait des yeux fascinants, d'une profondeur insondable, et si noirs qu'on ne distinguait pas la pupille de l'iris.

— D'ici, la vue est vraiment magnifique, reprit-elle en maîtrisant difficilement le tremblement de sa voix. Surtout à la lumière du matin.

— Vous me montrez votre travail ?

La voix de l'homme résonna en elle d'une manière troublante.

— Je ne suis pas dans une propriété privée, j'espère ? demanda-t-elle prudemment.

Il secoua la tête avec un petit sourire qui l'émut inexplicablement.

— Que feriez-vous, dans le cas contraire ?

— Je m'en irais, bien sûr.

De toute façon, c'était ce qu'elle avait de mieux à faire. Assez inexplicablement, cet homme mettait sa sensibilité à vif. C'était très dérangeant.

Elle se leva et commença à rassembler ses affaires.

— Ce serait dommage, observa l'inconnu avec un air charmeur. Laissez-moi au moins voir votre dessin.

Il aurait été puéril de refuser. Elle s'avança, puis hésita devant les deux chevaux. Ne risquaient-ils pas de ruer, ou même de la mordre, peut-être ?

— Ne craignez rien. Layla et Soraya sont très bien élevées. N'est-ce pas, mes jolies ? lança-t-il en tendant la main pour leur flatter l'encolure.

Les juments s'ébrouèrent avec un petit hennissement et le cavalier vint se placer tout à côté de Rosalie. Surprise par la forte odeur animale, elle recula d'un pas, sous le regard amusé de l'inconnu.

— Alors, vous me montrez ça ? reprit-il.

— Oui, oui…

Elle n'arrivait pas à maîtriser les sensations bizarres qu'il déclenchait en elle… Ouvrant son cahier d'esquisses, elle tourna quelques pages. Le résultat l'étonna elle-même. Sur le premier dessin, elle avait parfaitement traduit l'effet recherché, un mélange d'élégance et de fierté dans le mouvement. Sur un autre croquis, c'était le réalisme du museau et de la crinière qui sautait aux yeux. Quelques secondes plus tard, elle tressaillit devant une espèce de centaure sortant des eaux. Cela faisait longtemps qu'elle n'avait pas eu le trait aussi sûr.

— Vous avez du talent, commenta l'homme alors qu'elle tournait une nouvelle page.

Rosalie fixait sans les voir la ligne d'une épaule, le tracé d'un menton volontaire, d'une main impérieuse…

— Beaucoup de talent, reprit-il après un silence.

— Merci.

Leurs regards se rencontrèrent. Même d'aussi près, les yeux de l'inconnu paraissaient d'un noir d'encre, incroyablement foncés.

— J'espère que vous ne m'en voulez pas de vous avoir pris comme modèle ? Les chevaux sont si beaux que je n'ai pas pu résister.

Il se pencha vers elle. Tout près. Comme pour scruter son expression. La sienne, en tout cas, demeura indéchiffrable.

— J'en suis très flatté, au contraire.

La jeune femme paraissait timide et désemparée. Pourtant, la maîtrise de son dessin attestait d'une grande sensualité.

Il s'efforçait de dissimuler le vif intérêt qu'elle lui inspirait.

Au premier regard, elle l'avait d'abord déçu. Elle avait l'air beaucoup trop jeune pour ce qu'il avait en tête. Mais sa fragilité n'était sans doute qu'apparente. La fermeté de sa bouche, la gravité de son regard témoignaient d'une certaine expérience de la vie. Ce n'était pas une jeune vierge farouche et innocente.

— Vous préférez les natures mortes ou les portraits ? s'enquit-il.

— Je… les deux.

Il surprit son regard furtif. Elle avait de superbes yeux gris-vert, qui semblaient le brûler au plus profond de son être. Il eut envie de sauter à terre pour se tenir tout près, sentir la chaleur de son corps et, qui sait, la prendre dans ses bras…

Malheureusement, sa jambe encore raide lui interdisait de descendre de cheval. Il aurait trop de mal ensuite à remonter. Il avait déjà fait fi des conseils des médecins qui lui recommandaient de patienter avant de reprendre des activités normales… Mais il n'avait pas résisté à la tentation de faire enfin la connaissance de la belle inconnue.

— Vous êtes en vacances ? demanda-t-il.

Elle hocha la tête en rangeant son cahier dans un grand sac.

— Et votre mari vous laisse vous promener toute seule ?

Elle se crispa.

— Je n'ai pas de mari, répondit-elle d'une voix sourde, sous laquelle perçait une sensibilité à fleur de peau.

— Eh bien, votre petit ami ou votre compagnon, alors ?

Elle se campa devant lui avec les poings sur les hanches, le foudroyant du regard.

— Vous parlez un anglais excellent et vous avez beaucoup de vocabulaire, lança-t-elle avec mauvaise humeur, pour changer de sujet.

— Merci.

Il continua à l'observer avec attention. Finalement, elle haussa les épaules.

— Je n'ai personne dans ma vie pour m'empêcher de faire ce qui me plaît, déclara-t-elle, non sans une légère amertume. C'est probablement inhabituel dans un pays comme Q'aroum ?

— Détrompez-vous. L'esprit d'indépendance des femmes Q'aroumi vous surprendrait.

Sa mère en était un bel exemple.

Il esquissa un sourire. En tout cas, l'attirance qu'il éprouvait pour cette belle étrangère était réciproque… Sur ça, il n'y avait aucun doute… Il goûterait bientôt aux délices prometteurs de ce corps féminin déjà consentant. Dès que les circonstances s'y prêteraient. Il suffisait de provoquer l'occasion… Malgré tout, son intuition lui commandait de tempérer son impatience. La jeune femme avait l'air circonspecte, comme si elle risquait de s'enfuir à la plus légère provocation.

— Nous nous reverrons peut-être. En tout cas, je l'espère, dit-il en esquissant le geste de repartir.

— Vous reviendrez demain ? s'enquit-elle aussitôt, le regard brillant.

Il n'en demandait pas davantage.

— Je ne sais pas, répliqua-t-il en haussant les épaules.

Puis, comme à la réflexion, il ajouta :

— Vous avez envie de revoir les chevaux ? Pour les dessiner ? C'est cela, n'est-ce pas ?

Elle hocha la tête.

— Si cela ne vous dérange pas. Je… J'aimerais bien les représenter avec ce paysage en toile de fond.

— Cela me paraît dans l'ordre du possible. Je peux demander à Ahmed de les amener.

Elle se mordit la lèvre nerveusement.

— Vous ne les amènerez pas vous-même ? finit-elle par demander, au prix d'un violent effort.

— Vous avez envie de me revoir ?

Elle s'empourpra jusqu'à la racine des cheveux, comme une vierge effarouchée que transperce pour la première fois l'aiguillon du désir. Mais il ne s'y trompait pas, elle n'était pas sans expérience. Décidément, cette belle inconnue l'intriguait.

— Juste pour le tableau, ce serait gentil.

Comment aurait-il résisté à ses grands yeux limpides, à ses lèvres rose tendre ?

Il eut envie de se faire prier, comme s'il s'agissait d'une faveur à lui concéder.

— Combien de temps cela prendrait-il ?

— Quelques séances suffiraient. Trois ou quatre.

Elle avait du mal à dissimuler son excitation.

— Quatre matinées. Fort bien, répondit-il. Je vous les accorde.

Il réprima un sourire avant d'ajouter :

— En échange de quatre après-midi…

2.

Rosalie cligna des yeux. Avait-elle bien entendu ?

La lueur qui brillait au fond des yeux de l'inconnu la poussait à dire oui. Mais dire oui à quoi ? Certainement pas aux images insensées qui se formaient dans son esprit…

— Pardon ? Qu'avez-vous dit ?

— Je vous accorde les matinées dont vous avez besoin pour votre tableau à la condition que vous passiez le même nombre d'après-midi en ma compagnie.

Elle tressaillit. En dépit de son intonation tranquille, cet homme lui donnait l'impression de proposer un échange diabolique…

— Je ne comprends pas.

Qui était-il ? Tout à coup, elle avait la sensation d'étouffer, comme si l'inconnu ravivait des souvenirs sinistres, profondément enfouis. Ses poils se hérissèrent sur ses bras et elle eut la gorge sèche. Une panique intense la submergea.

Le regard de l'homme vrilla en elle comme s'il avait conscience de ce qu'elle ressentait. Puis, elle se mit à frissonner.

D'un mouvement impérieux, il ramena les juments face à elle, tandis que sa voix se faisait rassurante.

— Il n'y a pourtant rien de compliqué. Je recommence tout juste à me déplacer après une longue convalescence et je m'ennuie mortellement entre mes séances de kinésithérapie. Les voyages me sont interdits. Un peu de compagnie me ferait du bien pour me distraire de ma solitude forcée.

Indécise, curieusement ébranlée par l'émotion de la rencontre, Rosalie hésita. Il était difficile de résister à la force et à la vitalité peu communes qui émanaient de cet homme. D'autant plus qu'il réveillait en elle un sentiment diffus de nostalgie et d'insatisfaction…

— Vous avez sûrement des amis qui…

— Justement, c'est bien là le problème, murmura-t-il. Je suis tellement orgueilleux que je leur ai interdit de venir me voir avant d'être complètement rétabli.

Il eut un sourire mélancolique qui le fit paraître plus jeune, plus accessible.

— Vous allez peut-être me trouver ridicule, mais je ne voulais pas de leur pitié pendant que j'étais condamné à l'immobilité.

— Peut-être, mais…

— Je suis tout à fait respectable, l'assura-t-il fièrement. Je m'appelle Arik Kareem Ben Hassan. Et j'habite là.

Il se retourna à demi en désignant la forteresse construite en haut de la falaise.

Rosalie écarquilla les yeux de surprise. Quelqu'un habitait dans ce château ? Elle avait plutôt imaginé un musée ou un bâtiment officiel. Certainement pas une demeure privée.

Etait-ce le maître des lieux ? En tout cas, avec son assurance et son autorité naturelle, ce n'était sûrement pas un domestique.

— Vous pouvez vous renseigner sur moi à votre hôtel. Ici, tout le monde connaît le sheikh Ben Hassan.

Interloquée, elle haussa les sourcils. Un cheikh ! Impossible ! Belle, sa sœur, était mariée au cheikh Rafiq et il ne pouvait pas y en avoir deux à Q'aroum.

— Le prince royal n'est-il pas le seul à porter le titre de cheikh ?

L'homme secoua la tête.

— Le prince dirige notre pays mais chaque tribu a son propre cheikh. Le peuple dont je suis le chef vit dans les îles orientales de Q'aroum.

Il lui adressa un sourire dévastateur.

— Ne vous inquiétez pas. Contrairement à la légende, nous n'avons pas l'habitude de kidnapper les belles étrangères pour les enfermer dans nos harems. Plus maintenant, en tout cas.

En revanche, le passé des Q'aroumis regorgeait de récits de pillages et d'actes de piraterie. Ces guerriers féroces avaient bâti la richesse de leur nation en attaquant les navires qui croisaient au large de leurs côtes, et leurs butins ne se limitaient pas à l'or ou aux marchandises. Ils appréciaient aussi en connaisseurs l'exotisme des femmes occidentales…

— Mais vous-même, qui êtes-vous ? Dites-moi au moins votre nom.

— Rosalie. Rosalie Winters, répondit-elle gauchement, impressionnée par l'élégance racée du beau cheikh.

Il ne fallait pas se faire des idées… Un homme comme lui ne s'intéressait pas à une banale touriste australienne. Il s'ennuyait, ainsi qu'il l'avait dit lui-même. Et la présence d'une promeneuse solitaire sur la plage l'avait intrigué.

— Ravi de faire votre connaissance, Rosalie. Appelons-nous par nos prénoms, voulez-vous ?

Rosalie inclina la tête. Sa voix chaude et grave fit courir un frisson de plaisir le long de sa colonne vertébrale tandis qu'il ajoutait :

— J'ai hâte de faire plus ample connaissance avec vous.

L'allusion sensuelle, à peine voilée, aurait dû la repousser mais elle se sentit inéluctablement attirée... Malgré tout, elle se força à réagir. La vie lui avait appris à se méfier des hommes et de leurs désirs. Il fallait garder la tête froide.

— Je suis désolée, mais...

— Vous n'avez pas envie de passer un peu de temps avec moi ? la coupa-t-il d'un air surpris, comme si c'était la première fois qu'il se heurtait à un refus.

Il avait peut-être besoin d'une leçon de modestie...

— Je ne me sentirais pas très à l'aise, seule avec un homme que je ne connais pas, expliqua-t-elle.

Ce qui était la pure vérité.

Il la scruta longuement, avec une insistance embarrassante, et elle se sentit terriblement vulnérable, comme si son regard perçait à jour ses peurs et ses faiblesses sous la cuirasse protectrice qu'elle s'était soigneusement forgée.

— Je vous donne ma parole, Rosalie, que je ne vous imposerai jamais des assiduités que vous jugeriez inopportunes.

Il se redressa dignement sur sa monture, comme si elle lui avait infligé un affront, et crispa les mains sur les rênes. Aussitôt, sa jument fit un écart avec un hennissement mécontent.

— Je vous sais gré de votre promesse, répondit Rosalie en évitant soigneusement l'usage trop intime de son prénom. Pardonnez-moi si je me suis montrée blessante, mais...

— Mais vous avez entièrement raison d'être prudente.

Il hocha la tête avec un sourire contraint. De nouveau, elle eut le sentiment qu'un lien indéfinissable s'établissait entre eux. Importun, mais bien réel...

Que lui arrivait-il ? Même si cet homme beau comme un dieu était en plus terriblement séduisant, elle venait à peine de le rencontrer. Il n'était rien pour elle.

— Je ne voudrais pas me faire trop insistant, mais j'ai

réellement besoin de me distraire de ma solitude. Si cela peut vous tranquilliser, je vous emmènerai visiter le marché et la vieille ville. Nous ne resterons pas seuls.

Elle commençait à se sentir ridicule d'avoir réagi un peu trop vivement.

— Et puis, ce sera ma récompense pour les séances de pose.

Les paumes moites, elle hésita. En fait, elle avait peur. D'un autre côté, l'envie de peindre s'était réveillée en elle, avec l'excitation de cette merveilleuse énergie créatrice qui l'avait désertée depuis si longtemps. Elle ne pouvait pas laisser passer cette chance de renouer avec son art, de retrouver ce qu'elle avait cru perdu pour toujours.

Elle prit une profonde inspiration.

— Je vous remercie. Effectivement, j'aurai plaisir à visiter cette île avec quelqu'un qui la connaît bien.

Le sourire du beau cavalier l'éblouit littéralement.

— Merci, Rosalie. Et je vous le répète, je ne vous imposerai rien qui vous soit désagréable. Il vous suffira de me le dire.

Rosalie observa son expression satisfaite, sa pose nonchalante. Il avait l'air trop… content de lui. Mais elle avait sans doute tort de se laisser aller à sa nature soupçonneuse. Il était peut-être temps de rétablir l'équilibre, d'apprendre à se détendre au lieu de se crisper et de se barricader dès qu'elle était avec un homme.

— Merci… Arik. A demain matin.

Arik la regarda s'éloigner, pieds nus sur le sable humide.

La douceur de sa voix prononçant son nom s'attarda au creux de son oreille. Depuis qu'il avait approché cette femme, une curieuse sensation de manque l'étreignait, lancinante et douloureuse. De loin Rosalie Winters lui avait semblé désirable. De près, elle était tout simplement fascinante.

Ses yeux pleins de fraîcheur et d'innocence l'attiraient davantage que les regards langoureux des femmes qu'il rencontrait et qui cherchaient à le séduire. Avec sa peau veloutée tel un pétale de fleur, son visage en forme de cœur, sa bouche parfaitement dessinée et son halo de cheveux dorés, elle était absolument superbe.

Au début, sa vulnérabilité avait éveillé en lui un besoin de protection tellement fort qu'il avait failli abandonner son plan. Mais il n'était pas homme à renoncer.

Depuis son adolescence, il avait toutes les femmes qu'il voulait. Il lui suffisait de mentionner son titre pour qu'elles se pâment d'admiration et fantasment sur sa vie sexuelle. Rosalie Winters, au contraire, avait presque semblé indifférente. A peine avait-elle manifesté une légère curiosité.

Pour le moment, elle lui paraissait énigmatique et pleine de contradictions. Superbe, incroyablement séduisante, elle avait en outre un air d'innocence irrésistible, même pour un homme que la virginité ne tentait pas particulièrement. Mais elle n'était pas sans expérience. Il avait perçu un mélange de peur et de méfiance qui trahissait une désillusion.

Qui était-elle ? Pourquoi avait-il tellement envie de la séduire ? Et pourquoi avait-il l'impression que l'expérience serait inoubliable ? Déterminé à découvrir les réponses à ces questions, il pressentait qu'il aurait autant de plaisir à percer son mystère qu'à posséder son corps. Elle lui lançait un défi comme il n'en avait jamais rencontré. Déjà, un feu ardent coulait dans ses veines. Et il se jura que bientôt elle aussi brûlerait du même désir…

Sa silhouette disparut derrière les rochers. Pas une seule fois elle ne jeta un regard en arrière, comme si elle devinait qu'il restait là, dévoré d'impatience, à la regarder s'éloigner.

Il sourit intérieurement en repensant à sa promesse. Non seulement il ne ferait rien qui lui déplaise, mais il saurait lui donner du plaisir. C'était un bon amant. Ses maîtresses n'avaient jamais eu à se plaindre de lui… Rosalie Winters ne ferait pas exception.

Rosalie s'arrêta en atteignant le bout du promontoire. Là était le point de non-retour. Derrière elle, la ville somnolait encore dans la pâle lueur de l'aube. Devant, se dessinait la petite baie au pied de la falaise où se dressait la forteresse menaçante.

Elle avait conscience d'un danger diffus… La veille, tout au long de l'après-midi, ses pensées s'étaient constamment tournées vers Arik Ben Hassan, qui ne ressemblait à aucun des hommes qu'elle avait rencontrés jusque-là.

Le picotement qu'elle ressentait au creux de son ventre depuis hier était toujours là, lui rappelant qu'elle était encore une femme, malgré l'existence qu'elle avait choisi de mener. Il ne suffisait pas de nier les besoins de son corps pour les supprimer. Comment serait-elle restée indifférente à un homme qui symbolisait à lui seul la beauté virile, la force et la puissance ?

Au réveil d'une longue nuit agitée, entrecoupée de rêves, elle avait d'abord incriminé le stress : sa mère et sa fille, Amy, étaient parties rejoindre sa sœur dans la capitale. Depuis la naissance d'Amy, c'était la première fois qu'elles étaient séparées. L'épreuve s'avérait aussi douloureuse qu'elle l'avait redouté. Même si Amy, impatiente de découvrir le palais et son cousin nouveau-né, n'avait pas versé une larme.

Rosalie avait fini par se laisser convaincre de rester

quelques jours de plus dans la maison que Rafiq avait mise à leur disposition. Un peu de solitude et de repos lui ferait sans doute du bien. Et puis, sa mère avait tellement insisté qu'elle avait cédé. Elle lui devait tant…

Elle frissonna en repensant au jour où, plus de trois ans auparavant, elle était descendue en titubant d'un taxi pour tomber dans les bras de sa mère. Tremblant de tous ses membres, nauséeuse et encore sous le choc, elle était incapable de parler. Sa mère n'avait rien demandé, ne l'avait pas pressée de questions, et s'était contentée de l'accueillir à bras ouverts pour la réconforter. Quelques heures plus tard, quand Rosalie avait enfin pu se confier, elle avait raconté ce qui s'était passé. Le rendez-vous avec un ami, la fête, le punch beaucoup trop fort… Elle s'était réveillée dans le lit d'un inconnu…

Même maintenant, le souvenir de ce traumatisme la rendait malade.

Elle ne s'en serait jamais sortie sans le soutien et l'amour de sa mère, qui lui avait donné le courage d'enterrer le passé pour repartir sur de nouvelles bases. Surtout avec la grossesse qui avait résulté de cette nuit désastreuse et la naissance d'Amy.

Depuis, déterminée à ne plus regarder en arrière, Rosalie avait parcouru un long chemin et la maternité l'avait épanouie. Malgré tout, sa mère continuait à se faire du souci pour elle. D'autant plus que toutes les tentatives de Rosalie pour ranimer la flamme de son talent artistique s'étaient soldées par un échec.

« Jusqu'à hier… » songea-t-elle en se remémorant la facilité avec laquelle le pinceau avait couru sur la toile. Elle avait presque retrouvé la sûreté et la légèreté de son trait. Mais elle restait méfiante et avait peur d'un faux espoir.

Qui sait si elle n'allait pas au-devant d'une désillusion ? De plus, Arik Ben Hassan l'impressionnait beaucoup.

Serait-elle à la hauteur de la situation ? Cet homme qui avait probablement le monde à ses pieds avait décidé, par pur caprice, de se distraire en sa compagnie. Mais sa conversation serait-elle assez spirituelle pour le divertir ?

En vingt-quatre heures, il avait envahi ses pensées et ses rêves au point qu'elle craignait de mettre en péril la tranquillité de son esprit et son fragile équilibre. En même temps, c'était grâce à lui que le déclic s'était produit…

Elle remonta la bandoulière de son sac sur son épaule et s'obligea à presser le pas.

Il lui apparut comme un prince de conte de fées. Imposant, silencieux, magnifique. « Le rêve de toutes les jeunes filles », se dit-elle avec ironie pour soulager la tension qui l'oppressait.

Mais en vain. Elle flageolait sur ses jambes. Quelle vision extraordinaire ! Elle sentait sous ses pieds la vibration sourde des sabots sur le sable. Le vent plaquait la chemise blanche du cavalier sur son torse, faisant ressortir la puissante musculature de ses épaules. Les premiers rayons du soleil jetaient un reflet doré sur son visage en accentuant les ombres sur ses pommettes, et en soulignant la ligne de sa mâchoire.

Sa gorge se serra. La bouche sèche, elle but une gorgée d'eau pour se désaltérer. Quelle était cette sensation étrange, inconnue, qui se creusait à l'intérieur d'elle-même et qui l'effrayait ?

Elle avait commis une erreur. Une terrible erreur. Mais il était trop tard pour repartir. Il l'avait vue. Et elle avait bien trop d'amour-propre pour battre en retraite et lui montrer qu'elle avait peur de lui.

— *Saba'a alkair*, Rosalie, déclara-t-il courtoisement, en inclinant la tête.

Elle frissonna.

— *Saba'a alkair.*

— Vous avez une excellente prononciation.

— Merci.

Inutile de lui parler pour l'instant de son beau-frère arabe qui lui avait patiemment inculqué quelques mots de sa langue.

— Vous avez bien dormi ?

— Oui, mentit-elle en rougissant sous son regard attentif.

Puis elle changea aussitôt de sujet :

— Vous n'avez amené qu'un cheval, aujourd'hui ?

— Oui. Mais si vous le souhaitez, je...

— Non, c'est très bien ainsi.

Elle voulait surtout représenter la parfaite harmonie entre l'homme et l'animal. Elle commença à sortir son matériel, mais un mouvement brusque lui fit lever la tête.

— Qu'est-ce que vous faites ? s'écria-t-elle, affolée.

— Je descends simplement de cheval, répondit-il avec un haussement de sourcils.

Il était encore plus impressionnant de près. Sa chaleur l'enveloppa, avec son parfum musqué, légèrement poivré. Quand elle croisa son regard, il se produisit quelque chose d'incompréhensible, comme si on lui jetait un sort qui la clouait sur place. Son cœur se mit à battre la chamade. Il avait des yeux d'un noir si profond qu'elle aurait pu s'y noyer...

— Chez nous, on conclut les accords selon un certain rituel, murmura-t-il. C'est très important pour moi de respecter la tradition.

Il avança d'un pas. Qu'allait-il faire ? se demanda-t-elle, paniquée.

Il lui serra la main, longuement, sans la quitter des yeux. Pendant ce moment qui lui parut interminable, elle eut l'impression de devenir aussi légère qu'une plume, complètement sous le charme.

Puis, juste comme elle recouvrait ses sens, il porta sa main à ses lèvres. Une lueur inquiétante s'alluma dans son regard quand il déposa un baiser sur sa peau, comme une caresse. Instantanément, la flamme du désir embrasa Rosalie.

Le souffle court, elle inspira profondément pour tâcher de calmer l'affolement invraisemblable qui s'emparait d'elle. Arik Ben Hassan la tenait toujours prisonnière. Par trois fois, il exhala un long soupir. Puis, enfin, il releva la tête. Un désir d'une telle intensité se lisait sur son visage qu'elle faillit s'enfuir en prenant ses jambes à son cou.

3.

Maintenant, il savait. Sa peau, d'une finesse extrême, avait un goût délicieusement sucré. Il eut envie de reprendre sa main pour en déguster lentement la saveur de miel sauvage.

Il aurait posé la pointe de sa langue à l'endroit où son pouls battait, à l'intérieur du poignet. Il aurait ensuite remonté le long de son bras jusqu'à la pliure du coude, avant de glisser vers l'épaule et le creux du cou, pour finir par sa bouche.

Quand il raffermit la pression de ses doigts, elle entrouvrit à peine ses lèvres roses, comme une invitation inconsciente au baiser. Aussitôt, le tourbillon du désir l'emporta.

Jamais il n'avait connu une expérience aussi bouleversante. Comme une conflagration intérieure… Alors qu'il lui avait seulement embrassé la main ! Son odeur, tel un parfum de rosée matinale, le plongeait dans une griserie exaltée.

Une décharge d'adrénaline le submergea. Tous ses sens réclamaient l'assouvissement de son désir impérieux. Tout de suite. Ici même. Sur le sable, dans la lumière or et ambre du levant.

Rosalie écarquillait les yeux. Avec une exclamation étouffée, il desserra l'étreinte de ses doigts, mais sans consentir encore à la lâcher tout à fait. Aussitôt, elle en profita pour retirer sa main, qu'elle plaqua contre sa poitrine comme pour se protéger.

— Une simple poignée de main aurait suffi, chuchota-t-elle d'une voix tremblante.

Il faillit éclater de rire face à cette réaction. Elle lui reprochait son impétuosité, mais qu'aurait-elle dit si elle avait su les pensées qui l'agitaient ? Brusquement, il prit conscience du mélange d'inquiétude et de confusion qui s'était emparé d'elle. Lui avait-il fait peur ?

Aussitôt, pour la rassurer, il recula d'un pas et elle se mit très vite à respirer plus calmement. N'avait-elle donc jamais été entraînée dans la danse du désir sexuel ? Impossible. On l'avait sûrement déjà courtisée, là-bas, en Australie. De nouveau, il s'étonna qu'elle soit seule, sans homme à son côté pour la protéger des importuns.

— Nos coutumes sont sans doute différentes des vôtres. Pardonnez-moi, je ne voulais surtout pas vous offenser.

Se satisferait-elle de son explication ? Même la plus innocente des jeunes filles aurait compris qu'un simple baisemain conventionnel n'avait rien à voir avec le contact sensuel dont ils venaient de faire l'expérience. Mais peut-être préférait-elle faire semblant de rien…

Elle hocha la tête et détourna le regard vers l'horizon qui commençait à s'embraser.

— Bien sûr. Je comprends.

Il ne s'était pas trompé. Elle éludait la vérité.

En tout cas, il avait atteint son but. Elle avait maintenant une conscience aiguë de sa personne. Il n'était plus la silhouette lointaine, anonyme, d'un cavalier qu'elle avait envie de peindre, mais un homme de chair et de sang. Tout, dans son attitude, trahissait son émoi. Sa respiration saccadée, sa façon de se mordiller la lèvre, de baisser les yeux…

Réprimant un sourire, il se retourna vers Layla, qu'il

avait sellée, cette fois, pour ne pas fatiguer sa jambe encore raide.

— Où me voulez-vous ?

Prise de court par sa question, Rosalie rougit avec une expression coupable et choquée à la fois. Il avait vu juste. Elle aussi était en proie à un violent désir.

Il ne s'agissait plus que de le lui faire admettre.

Rosalie s'étira en posant une main sur ses reins. Elle avait une crampe à force de rester trop longtemps immobile, absorbée dans son travail.

Elle jeta un coup d'œil sur sa toile en s'interdisant de céder à l'emballement. Il était encore trop tôt pour se prononcer. Malgré tout, le résultat semblait prometteur. Infiniment plus que tout ce qu'elle avait fait au cours de la semaine.

Au début, elle avait eu beaucoup de mal à se mettre au travail. Tendue comme un arc, gênée par le regard de braise qu'Arik posait sur elle, elle s'était surtout appliquée à dissimuler le trouble qui s'emparait d'elle à son corps défendant. Elle n'avait jamais rien éprouvé de tel. Même dans ses fantasmes les plus fous, au temps de sa jeunesse innocente. C'était un désir purement physique, simplement charnel.

Elle avait ressenti comme une violente décharge électrique au moment où il avait pris sa main dans la sienne avant de poser ses lèvres sur sa peau. La secousse s'était propagée jusqu'au cœur de sa féminité, et le creux de son ventre lui avait soudain paru incroyablement douloureux.

— Vous êtes contente du résultat ?

— Ce n'est pas trop mal, répondit-t-elle prudemment, en évitant son regard.

— C'est fini pour ce matin ?

— Oui, assez pour aujourd'hui.

— Parfait.

Il éloigna sa monture et sortit un téléphone portable de sa poche. Tout en rangeant son matériel, Rosalie écouta les sonorités fluides et chantantes de la langue étrangère. Elle imagina la voix chaude et grave d'Arik en train de lui murmurer des mots tendres à l'oreille.

Tout à coup, affolée par le cours que prenaient ses pensées, elle s'admonesta intérieurement et tâcha de se ressaisir. Jusque-là, jamais aucun homme n'avait produit sur elle un effet aussi foudroyant. Que lui arrivait-il ? Généralement, des réactions aussi violentes se concluaient par une idylle…

Une vague de tristesse l'envahit à cette pensée, mais elle refusa de s'apitoyer sur elle-même. Le passé était loin derrière…

Tout à coup, un bruit de moteur lui fit lever la tête. Plusieurs 4x4 approchaient sur la piste de la corniche et Arik se dirigeait déjà à leur rencontre. Sous ses instructions, quatre hommes commencèrent à décharger puis à installer sur le sable une grande tente ouverte sur la mer.

— Si vous le permettez, je vais faire porter votre travail chez moi. Votre chevalet sera réinstallé demain matin à la première lueur de l'aube. De cette façon, vous n'aurez pas à transporter chaque jour votre matériel.

Il s'interrompit un instant avant d'ajouter :

— Je vous donne ma parole qu'on en prendra le plus grand soin. Ma mère est elle-même une artiste et nos domestiques ont parfaitement conscience de la valeur d'une œuvre d'art.

Malgré la sensation horrible d'être dépossédée d'une partie d'elle-même, elle n'essaya pas de protester.

— Je… Naturellement. Je vous remercie de cette attention, murmura-t-elle en le suivant jusqu'au véhicule.

Après avoir échangé quelques mots avec Arik, l'un des hommes se tourna vers elle en s'inclinant avec déférence.

— Je veillerai personnellement sur votre peinture, mademoiselle. N'ayez aucune inquiétude.

Elle eut à peine le temps d'esquisser un sourire qu'elle se retrouva seule avec Arik. Et cette fois-ci, plus question de se cacher derrière son chevalet, absorbée par sa peinture… Elle le suivit silencieusement sous la tente, où la richesse et le luxe de la décoration la subjuguèrent. Des soieries aux couleurs chatoyantes recouvraient plusieurs tables basses, et de somptueux coussins s'amoncelaient sur des tapis moelleux.

— Vous aimeriez sans doute vous rafraîchir un peu ? s'enquit Arik de sa belle voix grave.

Un peu surprise, elle hocha la tête tandis qu'il saisissait une aiguière au-dessus d'une bassine en cuivre et lui tendait un morceau de savon. Elle huma avec délices la délicieuse senteur du bois de santal pendant qu'il versait de l'eau sur ses mains. Puis elle s'essuya avec une serviette finement brodée, en essayant de ne pas effleurer son bras. La situation avait quelque chose de terriblement intime et troublant. Sous le santal, elle percevait des odeurs d'air marin et de cheval qui se mêlaient subtilement au parfum masculin de son hôte.

A son tour, la jeune femme attrapa l'aiguière.

— Permettez-moi.

Les yeux baissés, elle s'absorba dans la contemplation de ses mains magnifiques pendant qu'il se savonnait méticuleusement. Elle en avait dessiné d'innombrables, au cours des années. Au repos, jointes ou les poings serrés, ou encore tenant divers objets. Avec le même détachement qu'elle avait croqué de nombreux modèles nus.

Mais ces mains et ces avant-bras-là, avec les manches

relevées jusqu'au coude, lui procuraient une émotion inexplicable. Elle avait envie de les toucher, de suivre leur tracé comme pour s'en approprier la force. Lorsqu'il s'empara de la serviette pour se sécher, elle faillit pousser un soupir de soulagement et recula d'un pas, contente de mettre un peu de distance entre eux deux.

— Merci, Rosalie.

Il avait des yeux aussi noirs et indéchiffrables qu'un fragment d'obsidienne. Elle aurait donné cher pour lire dans ses pensées… Puis, subitement, en le voyant esquisser un sourire, elle se réjouit au contraire d'en être incapable. Lui, en revanche, devinait probablement l'effet qu'il produisait sur elle et elle s'en voulut d'être trop transparente. Mais comment aurait-elle dissimulé la violence de ses réactions ? C'était cette intensité qui l'effrayait le plus.

Jetant un coup d'œil sur le tas de coussins, Rosalie se demanda avec inquiétude quelle idée il avait derrière la tête pour le reste de l'après-midi. Personne n'était passé sur la plage de toute la matinée…

— Ahmed sera de retour d'ici une heure pour tout débarrasser, annonça Arik. Je vous emmènerai alors en ville faire un peu de tourisme.

— Ce programme me plaît beaucoup. Merci.

« Tu vois, tu es trop méfiante. Il a seulement besoin de compagnie, de quelqu'un à qui parler. »

Elle continua néanmoins à se sentir affreusement mal à l'aise dans ce décor exotique qui semblait sortir tout droit d'un conte de fées. D'autant que l'homme qui se tenait à son côté symbolisait à lui seul tout le charme et la sensualité de l'Orient. Elle l'imaginait sans peine vêtu d'un costume traditionnel et tenant un sabre à bout de bras. Ou couché dans des draps de soie avec une captivante et mystérieuse beauté brune.

D'un geste, il lui indiqua un pouf.

— Installez-vous confortablement, je vous en prie.

Elle obtempéra timidement en masquant sa rougeur et se détendit un peu à la vue du somptueux paysage qui s'offrait à elle. Arik s'installa à son tour, pas trop près. A son grand soulagement, il ne se montrait pas trop pressant. Un homme comme lui passait probablement plus de temps à repousser les assauts des femmes qu'à les courtiser…

Elle s'était sûrement méprise sur son expression, tout à l'heure, et n'y avait lu que le reflet de son propre désir. Le sang avait si brusquement afflué à sa tête, lorsqu'il lui avait embrassé la main, qu'elle en avait perdu le bon sens et la raison. Pourquoi s'intéresserait-il à quelqu'un d'aussi ordinaire qu'elle ? Elle manquait de chic et de glamour. Elle était une simple mère de famille obligée de gagner sa vie en travaillant…

— Du café ?

— Merci.

Elle concentra son attention sur le décor plutôt que sur les mains fascinantes qui la servaient.

— Quel raffinement ! s'écria-t-elle devant un bouquet de roses exhalant un parfum suave.

— Cela ne vous paraît pas trop affecté, j'espère ? demanda-t-il avec une étincelle d'humour au fond des yeux.

Elle se permit un petit sourire malicieux.

— C'est à peine plus luxueux que chez moi, mais charmant. Et ce café est un pur délice.

Arik l'observa pendant qu'elle fermait les paupières pour savourer une gorgée de café.

Même avec des petites traces de peinture sur son front et ses pommettes, dans sa chemise toute chiffonnée et avec des mèches folles qui s'échappaient de sa queue-de-cheval, elle était la tentation incarnée. Elle avait une carnation d'or pâle et des yeux troublants, très érotiques. Les courbes sensuelles de son corps semblaient destinées à satisfaire le désir d'un homme et il imaginait déjà les cascades de ses longs cheveux cuivrés sur l'oreiller pendant qu'elle s'offrait à ses caresses.

Il brûlait de désir pour elle. Littéralement.

Mais elle n'était pas prête. Elle ne ressemblait pas aux autres femmes, avides de plaire, trop impatientes.

Rosalie Winters était différente. Physiquement, elle n'attendait que lui, et son corps avait déjà émis des signaux inconscients en ce sens. Mais son esprit ne se laisserait pas conquérir aussi facilement. Elle n'était pas femme à se donner à la légère.

Même si la gratification tardait à venir, il savait, d'instinct, que cela valait la peine d'attendre. D'ailleurs, il découvrait qu'avec elle, l'attente faisait partie du plaisir.

— D'où êtes-vous, en Australie ?

— Du Queensland. Au nord-est.

— J'en connais au moins une petite partie. J'ai fait de la plongée le long de la Grande Barrière de corail.

Rosalie écarquilla de grands yeux étonnés. Qu'avait-elle imaginé ? Qu'il n'avait jamais quitté son île ?

— C'est là que j'habite, sur la côte. Dans une petite ville au nord de Cairns.

— Vous avez donc la chance de vivre dans un endroit magnifique.

Elle balaya la baie du regard.

— Vous aussi.

— Merci.

Même s'il avait passé le plus clair de sa vie ailleurs, Q'aroum demeurait son pays et ce compliment le touchait.

— Vous avez toujours vécu près de Cairns ?

Elle secoua la tête.

— J'ai passé un an à Brisbane, pour suivre les cours de l'école des beaux-arts.

A la manière dont elle pinça les lèvres, il sentit que cela n'avait pas été une bonne expérience.

— La vie citadine vous a déplu ?

Elle haussa les épaules et resta un peu voûtée, sur la défensive.

— Cela n'a pas marché, pour moi.

Il y avait tellement de souffrance dans sa voix qu'il décida de ne pas insister. Pourtant, il aurait donné cher pour savoir ce qui s'était passé. Un homme, probablement. Un échec sentimental… Il n'avait jamais connu ce genre de problème personnellement, mais il avait vu certains de ses amis très malheureux après une rupture.

— Et vous êtes revenue vivre de votre art dans votre région d'origine.

Elle eut une expression étrange, indéchiffrable.

— Je travaille à mi-temps dans un dispensaire pour enfants. J'ai abandonné l'idée d'une carrière artistique.

— Même s'il est très difficile de vivre de sa peinture, avec votre talent, la décision n'a pas dû être simple.

A l'évidence, elle était passionnée par l'art. La façon dont elle était restée absorbée par son sujet tout au long de la matinée ne laissait aucun doute là-dessus.

Elle émit un petit rire sec, plein de dureté.

— Je n'ai guère eu le choix.

Une nouvelle fois, il préféra ne pas insister.

— Et vous aimez travailler avec les enfants ?

Instantanément, son visage se radoucit.

— Enormément. S'occuper de tout-petits permet de relativiser beaucoup de choses.

— Vous avez sans doute hâte de connaître vous-même les joies de la maternité.

A ce moment-là, elle l'enveloppa de son regard gris-vert illuminé par un merveilleux sourire.

— Je suis déjà maman d'une petite fille de deux ans et demi, Amy.

Ses paroles s'enfoncèrent dans la chair d'Arik comme un coup de couteau. Il se détourna pour remplir sa tasse et essayer de recouvrer la maîtrise de lui-même. Il était fou de colère et de jalousie. L'idée qu'elle ait porté l'enfant d'un autre, qu'elle ait appartenu aussi intimement à un autre homme, le rongeait comme de l'acide. Et l'intensité de cette sensation le bouleversait. Comment pouvait-il éprouver une émotion si conventionnelle, lui d'ordinaire si détaché de tout, lui qui n'avait jamais, de sa vie, ressenti la moindre jalousie ?

— Toutes mes félicitations, articula-t-il à mi-voix. A qui ressemble-t-elle le plus ? A vous ou à son père ?

Il était tellement absorbé par son conflit intérieur qu'il faillit ne pas remarquer son hésitation.

— Tout le monde dit qu'elle me ressemble.

— Alors elle doit être très jolie.

Elle s'empourpra, comme si elle n'avait pas l'habitude de recevoir des compliments. Ou alors, elle les évitait ? Sa relation avec le père de la fillette l'avait peut-être meurtrie au point d'éviter désormais tout contact avec les hommes… Ce qui expliquerait sa nervosité et son comportement ombrageux.

— Votre fille n'est pas avec vous ?

— Ma mère s'en occupe en ce moment. J'ai toute la semaine pour moi.

Arik s'efforça de dissimuler l'intense satisfaction qui l'envahit. La jeune femme se sentait peut-être un peu seule, privée de la compagnie de sa fille. C'était parfait pour lui.

Rosalie fut soulagée quand il cessa de lui poser des questions trop personnelles pour lui présenter les plats préparés par son cuisinier. Même s'il ne s'était pas vraiment montré indiscret, elle se sentait sur la défensive, comme si elle avait peur que ces informations se retournent contre elle.

Arik Ben Hassan, sans qu'elle sache pourquoi, la déstabilisait. Voilà pourquoi elle ne lui avait pas tout dit. En particulier, elle avait passé sous silence son lien de parenté avec le prince souverain de Q'aroum, dont elle était la belle-sœur par alliance.

Il ne fallait pas longtemps pour comprendre pourquoi Belle était tombée amoureuse de Rafiq. Il était beau et fort, protecteur et terriblement épris de sa jeune épouse. Le genre d'homme dont rêvent toutes les femmes.

Elle jeta un coup d'œil à la dérobée en direction de son hôte. Lui aussi était très attirant, avec son profil noble, ses gestes souples et élégants. Pourtant, il avait probablement une personnalité très différente de celle de son beau-frère. Par exemple, elle ne l'imaginait pas se contenter d'une seule femme. Il paraissait bien trop aimer la vie et ses plaisirs…

Il était en train de disposer devant elle toutes sortes de sauces et d'épices pour accompagner salades et viandes froides, présentées de façon exquise.

— Arik ?

Elle regretta presque aussitôt d'avoir prononcé ce nom qui sonnait si bien dans sa bouche. Surtout lorsqu'un demi-sourire étira ses lèvres de séducteur.

— Que signifie tout ceci ? demanda-t-elle, incapable de contenir la méfiance qui l'envahissait. Il ne s'agit pas d'un simple pique-nique. Qu'avez-vous derrière la tête ? Qu'attendez-vous de moi exactement ?

Il redevint instantanément sérieux, presque sévère, et lui prit la main par surprise.

— Exactement ?

Elle tressaillit quand il se mit à caresser l'intérieur de son poignet.

— J'ai envie de mieux vous connaître, Rosalie. Beaucoup mieux.

Une nouvelle caresse déclencha un tremblement incoercible.

— Je veux devenir votre amant.

4.

Rosalie arracha sa main brutalement, avec un air profondément consterné.

Mais son expression révélait autre chose. Comme si, bien que terrorisée, elle ressentait elle aussi cette montée du désir entre eux. Arik lut une grande vulnérabilité dans le pli amer de sa bouche.

— Non ! protesta-t-elle, les yeux exorbités. C'est-à-dire…

— Vous n'êtes pas tentée par une aventure amoureuse ?

Ses longs cheveux d'or s'enroulèrent autour de son cou tandis qu'elle secouait la tête avec véhémence.

— Non. Non, pas du tout.

Il plissa les yeux en considérant ses poings serrés, et sa respiration saccadée qui trahissait un grand tumulte intérieur. N'étant pas le moins du monde susceptible, il ne se formalisa pas de son refus mais essaya au contraire de comprendre ce que cachait la violence de ses réactions. Une peur profondément ancrée l'empêchait de se tourner vers le plaisir, il en était certain.

Car, même si elle s'en défendait, Rosalie était consumée de désir. Il n'y avait qu'à voir la façon dont elle le dévorait des yeux, subrepticement, dès qu'il ne la regardait pas…

Il lui faudrait s'armer de patience pour venir à bout de

sa réserve. Mais le jeu en valait la chandelle. Sa victoire, il le pressentait, aurait un goût de paradis.

La vie l'avait beaucoup gâté jusque-là en lui offrant sans doute beaucoup de victoires trop faciles. Cette difficulté inattendue constituait un défi qui n'était pas pour lui déplaire. Il saurait attendre. « Mais pas indéfiniment. »

— Je suis désolé de vous avoir contrariée, Rosalie. Pardonnez-moi.

Elle écarquilla les yeux, et sa gorge se contracta visiblement.

— C'est tout ? demanda-t-elle en fronçant les sourcils. Vous n'êtes pas fâché ?

— Je regrette, voilà tout. Nous aurions pu partager de bons moments. C'est dommage.

Elle s'empourpra jusqu'à la racine des cheveux. Il adorait la voir rougir comme une jeune ingénue. Cela lui donnait l'impression d'avoir tout à lui apprendre…

— Bien, j'ai répondu à votre question. Et puisque vous refusez ma proposition, je suggère de nous occuper du déjeuner.

— C'est aussi simple que cela ? interrogea-t-elle, incrédule.

— Bien sûr.

Heureusement, elle n'imaginait pas le plan qu'il avait échafaudé pour l'amener à capituler…

— Je… Il vaudrait mieux que je m'en aille.

— Absolument pas. J'ai hâte d'avoir votre opinion sur la cuisine locale.

— Non, vraiment…

— Et votre tableau ? Vous le laisseriez aussi ? demanda-t-il comme elle esquissait le geste de se lever.

L'espace d'une seconde, elle hésita.

— Tant pis. De toute manière, je ne suis pas du tout certaine du résultat.

— Vous mentez mal, Rosalie. On ne vous l'a jamais dit ? Vous avez beaucoup de talent.

Elle redressa fièrement le menton.

— Gardez mon tableau si vous voulez. Ce n'est pas cela qui me fera rester contre ma volonté !

— Je ne m'abaisserai jamais à ce genre de chantage, Rosalie. Et rassurez-vous, je ne suis pas en manque à ce point.

— Excusez-moi, je ne voulais pas vous insulter, déclara-t-elle d'une voix étouffée. Simplement… Je ne vous connais pas.

Il hocha la tête. Après tout, en tant que femme, elle avait raison de se protéger.

— Ecoutez-moi bien. Je vous donne ma parole que je ne chercherai pas à forcer votre intimité. Et si ma morale personnelle ne suffisait pas, rappelez-vous que je suis un homme public. Je tiens à mon honneur et à ma réputation. Je n'ai jamais pris de force ce qu'on ne m'offrait pas librement.

Une ombre voila le regard de Rosalie. Il regretta d'en avoir trop dit. Il était en train de la perdre. Cette pensée intolérable lui fit l'effet d'un coup de poing dans l'estomac.

En même temps, il ne comprenait pas ses propres réactions. Certes, Rosalie l'intriguait. Mais pourquoi avait-il tellement peur de la perdre ?

— J'aimerais finir ma peinture, c'est vrai, murmura-t-elle, les yeux fixés sur les vagues du rivage. Cependant, je préférerais l'abandonner plutôt que de me sentir redevable.

Il réprima un soupir de soulagement.

— Les hommes n'obtiennent pas toujours ce qu'ils désirent…

Il se garda bien d'ajouter que lui, en revanche, parvenait toujours à ses fins.

Quand leurs regards se croisèrent, il eut envie d'emmêler ses doigts dans la soie de ses cheveux pour l'attirer plus près. Il voulait goûter à ses lèvres pleines et charnues, terriblement tentantes. Il voulait aussi explorer son corps, lentement, à la découverte de zones tendres et sensibles.

Il exhala un long soupir. Patience. Il faudrait du temps pour vaincre sa méfiance. Pour l'instant, elle était aussi farouche et craintive qu'une jeune vierge.

Il lui tendit son assiette avec un sourire.

— Bon appétit. Je viendrai à cheval sur la plage comme convenu tous les matins jusqu'à ce que vous ayez terminé. L'après-midi, nous nous promènerons et visiterons les environs. C'est très simple et cela ne nous engage à rien.

« C'est très simple », avait-il dit.

Rosalie méditait sur ces paroles tout en contemplant le paysage par la vitre du 4x4. Pour elle, en fait, cela n'avait rien de simple. Tout l'après-midi, elle avait dû lutter contre la force magnétique qui émanait de la puissante personnalité d'Arik. Et contre le désir et la curiosité qui minaient sa détermination à garder ses distances.

Elle était en train de perdre la bataille.

Pourquoi n'était-elle pas repartie pendant qu'il était encore temps ? Curieusement, d'une manière assez perverse, c'était la colère de son hôte qui l'avait incitée à rester. Quelle fureur elle avait lue dans ses yeux de jais, à l'idée qu'elle puisse douter de l'honnêteté de ses intentions ! Arik Ben Hassan avait un orgueil démesuré.

En réalité, elle n'était pas du tout certaine de son intégrité morale. Peut-être était-il simplement vexé d'essuyer un refus de la part d'une femme. A l'évidence, sa prestance et sa beauté sensuelle, ténébreuse, lui assuraient sûrement, d'ordinaire, un succès sans faille.

De toute façon, quelle que soit la raison, elle était sûre qu'il n'emploierait pas la force pour parvenir à ses fins. Il chercherait à la tenter ou à la persuader, mais sans la contraindre. Elle était donc en sécurité. Pour aussi longtemps qu'elle choisirait de le rester.

Un frisson d'appréhension courut le long de sa colonne vertébrale. Arik ne lisait tout de même pas dans ses pensées ?...

— J'aime beaucoup la façon dont les constructions récentes se mêlent aux bâtiments plus anciens, dit-elle tout à coup pour sortir du silence.

— Tant mieux. Nous avons beaucoup réfléchi aux différents projets d'urbanisme.

Elle glissa un coup d'œil surpris dans sa direction.

— Vous y avez pris une part active ?

— Naturellement. Je suis de très près l'évolution du pays.

— Vous devez avoir beaucoup d'obligations officielles ?

— Certes. Mais mon travail m'impose de nouveaux déplacements.

Il travaillait ! Elle qui l'imaginait oisif et papillonnant...

— Cela vous surprend ?... Que je travaille ?

— Je... Rien ne vous y oblige, je présume ?

— En effet. Mais l'inactivité ne me convient pas. Je ne pourrais pas passer des journées entières à me prélasser sans rien faire.

— Qu'est-ce que vous faites, comme métier ?

— Je dirige une entreprise de ressources énergétiques.

— Une compagnie pétrolière ?

— Entre autres. Nous investissons également dans les

énergies renouvelables. En ce moment, nous expérimentons un dispositif pour produire de l'électricité marée-motrice.

— Vous avez pourtant des réserves de pétrole quasiment inépuisables.

— Notre nation insulaire a tout intérêt à lutter contre les effets du réchauffement climatique, Rosalie. En plus, je suis un homme qui aime relever les défis.

A en juger par son sourire charmeur, il ne parlait pas uniquement du sort de la planète... Rosalie se liquéfia littéralement. Ses oreilles se mirent à bourdonner et l'air lui manqua tout à coup, tandis qu'un picotement hérissait les cheveux de sa nuque. Elle devrait vraiment être vigilante, avec cet homme. Ne surtout pas céder aux sensations vertigineuses et terriblement tentantes qu'il provoquait...

— Je vais vous ramener à votre hôtel.

Sur le point de lui expliquer où elle logeait, dans la maison mise à sa disposition par Rafiq, elle se ravisa. Il s'était comporté en parfait gentleman tout l'après-midi. Cependant, il valait mieux rester sur ses gardes.

— Merci, vous pouvez me déposer ici, déclara-t-elle comme ils approchaient d'une promenade bordée de nombreux hôtels.

Il se gara le long du trottoir.

— Je vous raccompagne jusqu'à votre porte.

— Non, ce n'est pas la peine !

Sous son regard inquisiteur, elle ajouta, plus calmement :

— Tout le monde vous connaît. Je préfère ne pas attirer l'attention sur moi.

Il inclina la tête.

— Comme vous voudrez.

Puis il sortit pour lui ouvrir sa portière et l'aider à descendre. Elle tressaillit à son contact, surprise par la chaleur qui se dégageait de lui.

— Merci de m'avoir accordé le plaisir de votre compagnie, Rosalie.

Elle ferma les yeux quand il porta sa main à ses lèvres, avec la sensation d'être transpercée par un éclair. Cela dura à peine une fraction de seconde mais suffit à la rappeler à la prudence. Elle retira vivement sa main. Ce qu'elle ressentait était bien trop violent pour s'y abandonner.

— A demain, dit-il en l'enveloppant de son regard profond et impénétrable.

Elle se détourna sans rien répondre. Demain, s'il lui restait une once de bon sens, elle partirait par le premier avion.

Arik plissa les yeux pour scruter la plage qu'éclairaient à peine les premières lueurs de l'aube. Rosalie était en retard.

S'était-il trompé, la veille ? Aurait-il dû insister, quand il avait lu si clairement le désir dans ses yeux ?

Non. Il lui avait donné sa parole. Elle était anxieuse et s'épuisait à lutter contre ses émotions. Comme si cela servait à quelque chose…

Comme elle était naïve ! Même lui, avec son expérience, ne pouvait pas lutter contre la force qui les poussait l'un vers l'autre. C'était comme un feu ardent qui le consumait sans répit. Il était perpétuellement sous tension, sur le qui-vive. Le sommeil se refusait à lui et il passait de longues heures à l'imaginer, nue, entre ses bras. Dans toutes sortes d'endroits.

Pour en finir avec cette obsession, il n'y avait pas d'autre issue que de satisfaire ses fantasmes.

Elle avait sans doute beaucoup à apprendre et il se ferait un plaisir de contribuer à son éducation. Dans un brusque sursaut d'impatience, il éperonna Layla pour la lancer au galop en direction du promontoire.

Enfin, il l'aperçut. Elle avançait avec circonspection, comme si elle hésitait entre poursuivre son chemin et retourner vers la sécurité de son hôtel. Un instant, complètement indécise, elle s'immobilisa. Puis, tout d'un coup, elle recommença à marcher d'un bon pas. Un sourire victorieux illumina le visage d'Arik. Elle était à lui, maintenant. Ou presque.

Immédiatement, une colère sourde gâcha son triomphe. A la mesure de son soulagement. Depuis quand son humeur dépendait-elle du bon vouloir d'une femme ? Il se sentait totalement assujetti à cette pulsion qu'il ne parvenait pas à maîtriser. Jamais aucune femme n'avait occupé autant de place dans son esprit jusqu'ici. Et en si peu de temps, en plus.

Il la regarda s'approcher la tête haute, mais avec un bras ramené sur sa poitrine dans un geste défensif. Instinctivement, il eut envie de la protéger. Pourtant, en même temps, il lui en voulait de le déstabiliser à ce point. Ce matin, il avait longuement hésité à téléphoner à son hôtel. Cette indécision ne lui ressemblait pas. Il n'était plus lui-même.

Pour la première fois de son existence, le désir s'insinuait dans toutes les fibres de son être et envahissait son esprit, comme s'il ne s'agissait pas seulement de possession physique. Comme si cela dépassait le pur plaisir des sens.

Arik serra les mâchoires. Quelle idée absurde ! Avec un regain de colère, il repartit au galop.

Rosalie se décida à avancer d'un pas plus ferme. Elle regrettait d'être venue. Peindre exigerait beaucoup d'efforts et elle ne savait pas du tout comment elle réagirait face à lui.

Pourtant, cette plage l'attirait irrésistiblement, malgré le danger dont chaque pas la rapprochait. Pourquoi prenait-elle autant de risques, tout d'un coup ? Elle qui, d'ordinaire, se comportait si sagement…

Pour ce que la prudence lui avait servi ! remarqua-t-elle. Elle remonta nerveusement son sac sur son épaule, en se demandant encore une fois quelle sottise elle était en train de commettre.

C'est alors qu'elle l'aperçut, silhouette impérieuse et arrogante montée sur son magnifique pur-sang. Instantanément, elle eut la réponse qu'elle cherchait. Erreur ou pas, il lui aurait été impossible de demeurer à l'écart. Une force incoercible la poussait vers cet homme qui parlait à son être profond, cette partie d'elle-même qu'elle étouffait depuis de longues années. Elle avait dix-neuf ans le jour où le chagrin, la haine et le désespoir l'avaient brutalement réduite au silence.

Plus de trois ans s'étaient écoulés depuis et l'ancienne Rosalie Winters, celle qui rêvait d'amour et d'aventure, se réveillait aujourd'hui en baissant la garde. Sa mâchoire se crispa. En tout cas, elle n'était plus la jeune ingénue pleine d'insouciance. Désormais, si elle prenait des risques, c'était en connaissance de cause.

— J'ai cru que vous ne viendriez pas, lança Arik avec une pointe d'accusation.

— Oui, j'ai bien failli, répondit-elle, irritée par son manège.

Il tournoyait autour d'elle sur sa jument, sans doute pour se faire admirer… Il était si beau, si viril !

— Vous auriez renié notre accord ?

— Un arrangement auquel vous n'attachez sans doute pas une grande importance…

— Pas du tout ! protesta-t-il avec véhémence.

Malgré elle, elle plongea son regard dans le sien.

Instantanément, une étincelle s'embrasa et elle suffoqua, comme chaque fois.

— Eh bien, vous êtes content, alors ?

Un sourire éclatant illumina son visage, chassant les ombres maussades.

— Je le suis !

Les sonorités de sa voix s'infiltrèrent sous sa peau, jusqu'au bout de ses terminaisons nerveuses. Pourquoi était-elle venue ? La réponse, simple, s'imposa à elle, clairement : parce que, auprès de lui, elle se sentait de nouveau délicieusement vivante…

— Et vous ? Vous n'avez pas de regrets, j'espère ? reprit-il.

— Peut-être. Je devrais ?

Il secoua la tête et l'attrapa par la main pour l'attirer plus près.

— Vous n'avez rien à craindre de moi. Je ne vous ferai jamais aucun mal, vous avez ma parole d'honneur.

Dans sa poitrine, elle sentit son cœur s'affoler, puis il sembla s'accorder au pouls d'Arik.

— Vous me faites confiance ? ajouta-t-il.

Elle n'avait rien d'autre que son instinct pour la guider. En ce moment précis, elle n'avait pas l'ombre d'un doute.

— Oui, Arik. J'ai confiance en vous.

— Bien.

Il raffermit légèrement la pression de ses doigts et une étincelle s'alluma au fond de ses yeux quand il ajouta :

— Vous savez ce que je veux, Rosalie, mais c'est vous qui décidez.

Elle secoua la tête.

— Je vous ai déjà dit…

La suite mourut sur ses lèvres quand il se pencha pour déposer un baiser sur sa main.

— Vous changerez peut-être d'avis.

Le souffle d'Arik sur sa peau était subtilement érotique. Elle se raidit pour ne pas succomber. Ne fallait-il pas repartir tout de suite en s'excusant ? Elle n'était pas assez sophistiquée pour jouer au jeu de la séduction.

— Je ne suis pas sûre…

Elle s'interrompit avec un soupir quand il planta un baiser tendre au centre de sa paume. Un baiser qui l'inonda de chaleur et la fit vaciller sur ses jambes.

— Rien n'est jamais sûr, murmura-t-il en continuant à la caresser du bout des lèvres. Pourquoi ne pas tout simplement profiter l'un de l'autre pendant quelques jours et voir où cela nous mène ?

« A la perdition, probablement. » Elle inspira profondément pour essayer de recouvrer la maîtrise d'elle-même. Mais avec le souffle chaud d'Arik sur sa peau, c'était impossible. Elle retira vivement sa main pour la cacher derrière son dos.

— Vous seriez déçu.

La tentation était forte, mais elle manquait de témérité.

— Eh bien tant pis, répliqua-t-il avec une expression indéchiffrable.

La matinée passa rapidement une fois que Rosalie réussit à oublier son trouble. De temps à autre, leurs regards se croisaient et elle reprenait une conscience aiguë de sa dangereuse présence. Mais la plupart du temps, elle resta concentrée sur son travail.

La séance de pose arriva trop vite à sa fin. Après le déjeuner, sous la marquise, la jeune femme redevint nerveuse et mal à l'aise quand un silence, plus long que les autres, s'éternisa. Elle glissa un œil en direction d'Arik pour l'observer à la dérobée. Il semblait absorbé dans la contemplation d'une tache bleutée à l'horizon, sans doute une île.

Il avait un profil saisissant, avec un front haut, intelligent, et des lèvres incroyablement sensuelles, qui invitaient au rire partagé. Ou au plaisir.

Son estomac se contracta. C'était un homme rompu aux plaisirs de la chair. Tout, dans ses manières, le proclamait. Sa façon de lui prendre la main, la lumière qui dansait au fond de ses yeux noirs lorsqu'il parlait de désir… Son regard recelait d'infinies promesses. Il ne tenait qu'à elle d'y accéder. Cette perspective était enivrante, tentante, mais aussi effrayante. Pourquoi hésitait-elle ?

Elle se sentait si seule. Depuis toujours, elle avait l'impression qu'il lui manquait quelque chose dans la vie. Quelque chose que cet homme pouvait lui offrir : la passion…

Une vague de chaleur l'envahit pendant qu'elle l'observait. Elle eut soudain la sensation d'étouffer, comme si son corps était devenu trop petit, avec l'impression désagréable d'un grand vide à l'intérieur.

Brusquement, il posa les yeux sur elle et elle devint aussitôt écarlate. Il devinait ce qu'elle ressentait, elle en était persuadée. Elle vit son propre désir se refléter dans l'égarement de son regard, dans la pulsation d'une veine sur sa tempe.

Il esquissa un sourire.

— Vous sentez ce qui passe entre nous, Rosalie, n'est-ce pas ?

Elle secoua la tête violemment mais sans réussir à arracher son regard.

— Inutile de mentir, poursuivit-il avec une expression amusée. Le désir n'a rien de honteux.

Le mot *désir* résonna très fort dans sa tête. Elle frissonna.

— Je ne veux pas devenir un objet de distraction pour

un homme riche qui s'ennuie, déclara-t-elle sur un ton précipité.

Le regard d'Arik se fit dur, presque coupant. Elle avait saisi le premier prétexte qui s'était présenté à son esprit, mais elle allait trop loin… Instinctivement, elle se recroquevilla en s'attendant à une explosion de colère.

— Vous êtes très directe ! commenta-t-il en haussant un sourcil arrogant.

Puis, brusquement, il s'interrompit pour observer son retrait presque craintif.

— Il ne faut pas avoir peur d'exprimer son opinion, ajouta-t-il plus calmement.

— Je suis désolée.

— Vous n'avez pas à vous excuser d'avoir dit les choses comme vous les pensez.

Elle aurait juré qu'il comprenait le mélange de peur et de confusion qui l'avait assaillie…

— Je regrette seulement que vous vous sentiez dévalorisée par l'intérêt que je vous porte. J'ai toujours considéré les femmes sur un pied d'égalité avec moi.

Que dire ? Elle était horriblement embarrassée, mais elle avait survécu à des situations autrement dramatiques…

— Bien que, dans le cas présent, la relation soit sans doute inégale, poursuivit-il dans un murmure. Après tout, le pouvoir est entièrement entre vos mains.

Elle sursauta. Avait-elle bien entendu ?

— Pardon ?

— Ne soyez pas naïve, Rosalie. Je veux devenir votre amant. Mais seulement avec votre consentement. Je ne ferai jamais un geste qui vous déplaise. Un seul mot de vous et je m'arrêterai. C'est vous qui avez le pouvoir. Demandez-moi ce que vous voulez, et je vous l'accorde.

L'expression enflammée de son visage ne trompait pas. Il parlait de sexe. Rien d'autre.

— Mais si vous dites non, je m'arrêterai aussitôt.

Elle se mordit la lèvre. Elle ne pouvait pas s'empêcher d'éprouver une légère excitation. Elle pouvait demander ce qu'elle voulait et il respecterait ses souhaits. Elle était en sécurité. Pourtant, il ne fallait pas céder. Elle n'avait besoin de personne, et surtout pas d'un homme aussi imbu de lui-même.

— Je ferais mieux de partir, déclara-t-elle d'une voix incertaine.

— Je ne vous aurais pas cru aussi timorée, Rosalie. De quoi avez-vous si peur, sinon de vous-même ?

Sa remarque la piqua au vif.

— Je n'ai pas peur, mentit-elle.

— Bien.

Il se pencha vers elle, tout près, jusqu'à envahir tout son champ de vision.

— Je ne voudrais surtout pas vous effrayer, Rosalie, souffla-t-il contre sa joue.

Il ne s'approcha pas davantage. Une barrière invisible les séparait encore, la protection de sa promesse. Le pouvoir reposait entre ses mains.

— Ahmed va bientôt arriver avec le 4x4, dit-il.

Rosalie passa le bout de sa langue sur sa lèvre inférieure.

— Avez-vous envie de quelque chose, en attendant ? demanda-t-il dans un chuchotement à peine audible.

— Non. Rien, soupira-t-elle.

— Vous êtes sûre ?

— Non…

Il était là, tout près, les mains posées sur le tapis, à la hauteur de ses hanches. Son regard la tenait prisonnière, comme un oiseau pris au piège dans un filet.

— Je…

Les mots s'étouffèrent dans sa gorge.

— Un baiser peut-être ? Pour satisfaire un peu votre curiosité ? Vous y avez sûrement pensé ?

Il n'avait même pas l'air prétentieux en disant cela. Sinon, elle aurait trouvé la force de le repousser.

— Oui, avoua-t-elle en capitulant. J'y ai pensé.

— Bien. Alors nous sommes égaux.

Son sourire s'évanouit.

— Détendez-vous, Rosalie. Vous n'avez pas à avoir peur de moi.

Il se pencha encore un peu, jusqu'à quelques millimètres de sa bouche, pour lui laisser le temps d'absorber sa tiédeur, son odeur. Et pour lui permettre de goûter pleinement son désir.

Puis ses lèvres se posèrent sur les siennes et le monde bascula pour disparaître dans un tourbillon vertigineux.

5.

Elle embrassait comme une toute jeune fille.

Ses lèvres étaient douces, dociles. Mais dès qu'il voulut glisser sa langue dans sa bouche, elle se rétracta avec un frisson.

Elle était délicieusement sucrée… Il se pencha plus avant, mais en gardant les mains appuyées sur le sol et en prenant bien garde de ne pas la toucher. Cette fois-ci, quand il l'invita à entrouvrir les lèvres, elle se laissa persuader.

Immédiatement, une boule de feu tournoya dans sa tête et dans son corps, faisant voler en éclats ses résolutions de prudence. Il réussit malgré tout à se contenir, au prix d'un effort surhumain.

Doucement, par degrés, il raffermit la pression de son baiser. Ses lèvres satinées s'ombraient de velours à l'intérieur et sa peau dégageait naturellement un parfum fleuri, enivrant. Il dut rassembler toute la force de sa volonté pour ne pas commettre l'imprudence de s'emparer tout simplement de ce qu'il voulait.

Il n'avait jamais éprouvé une pulsion aussi violente. Il fallait qu'il la possède. Absolument. Chaque parcelle de son corps le réclamait. Cette déesse avait le pouvoir de le séduire sans aucuns artifices, avec une sorte d'érotisme naturel qui le confondait.

Son baiser se fit plus pressant. Elle fondit contre lui, en

exhalant un soupir qui résonna dans sa bouche et, aussitôt, une poussée d'adrénaline l'envahit. Il devait la prendre, la conquérir. Là. Maintenant.

Mais non. Pas cette fois. Pas si tôt. Il fallait prendre son temps pour ne pas l'effaroucher. Il avait terriblement envie de la toucher, de poser une main sur son sein palpitant. Mais s'il le faisait, il ne pourrait pas s'arrêter.

Et elle avait besoin de temps.

Mais lui, tiendrait-il longtemps à lutter contre le besoin viscéral qui le torturait ?

Un bref instant, sa poitrine effleura son torse et il faillit perdre complètement le contrôle de lui-même. Avec un gémissement douloureux, il crispa encore davantage ses poings serrés. Ses ongles lui rentrèrent dans la chair.

C'est lui qui avait commencé cette histoire. Par égard pour elle, il se devait de se comporter en galant homme. Même au prix de l'énorme sacrifice que cela lui coûtait.

Rosalie se laissa aller à la sensualité de ce baiser. Arik était tout ce dont elle rêvait. Et même davantage. Il ne forçait rien, prenait le temps de savourer langoureusement ces premiers instants où ils se découvraient l'un l'autre. Le goût de ses lèvres se mêlant à la chaleur de son corps si proche lui monta à la tête, provoquant une sorte de vertige qui annihilait toute pensée.

Que ressentirait-elle s'il la prenait dans ses bras pour l'envelopper dans une étreinte ardente ? Une impatience la gagnait de découvrir cette sensation. Elle imaginait presque le poids et la pression de son torse contre sa poitrine.

Elle voulait qu'il aille plus loin. Le vide qui se creusait à l'intérieur d'elle-même réclamait d'être comblé. Arik répondit immédiatement à son soupir et quand son baiser se fit plus profond, elle crut défaillir. Heureusement, les coussins, dans son dos, l'empêchaient de basculer. Finalement, il n'était pas si difficile de se laisser aller…

Si seulement il la touchait… Elle avait une envie impérieuse de sentir la tiédeur de ses paumes contre son visage. Mais malgré l'intensité de la passion qui les emportait toujours plus loin, il ne l'effleura même pas du bout des doigts. Seules leurs bouches étaient en contact et continuaient à se chercher pour mieux se prendre.

Incapable d'ignorer plus longtemps la tension qui l'écrasait, elle leva les mains vers lui. Comme elle hésitait, indécise, il se mit à trembler en poussant un grognement.

Sans réfléchir, elle répondit à ce cri primitif, expression de son désir viril et nu, et posa les mains sur sa nuque. Quel bonheur de sentir battre son pouls à la base de son cou… Lentement, ses doigts remontèrent dans la masse de ses cheveux, dont le toucher un peu rêche ressemblait à de la soie sauvage. Ils s'y agrippèrent pour l'attirer plus près. Mais ce n'était pas encore assez. Ce ne serait jamais assez.

Son rythme cardiaque résonnait sourdement dans ses oreilles et martelait ses tempes, jusqu'à l'hypnotiser. Elle se fit plus pressante.

C'est alors qu'il commença à bouger, lui aussi.

Mais au lieu d'obéir à sa requête silencieuse, il s'écarta, si brusquement que, désemparée, elle ouvrit les yeux.

Que s'était-il passé ?

Ses lèvres meurtries et gonflées la brûlaient. Ses seins et son corps s'alourdissaient d'une langueur inconnue. Elle cligna plusieurs fois des yeux, en essayant de recouvrer ses esprits.

Arik respirait fort, comme s'il manquait d'oxygène et elle sentait son souffle sur sa peau. Elle aussi était essoufflée, comme si elle avait couru un marathon. Elle avait toujours les bras levés, avec les mains sur sa tête. Elle aurait dû le lâcher, mais bizarrement son cerveau refusait de lui obéir.

Elle resta ainsi, sans bouger, à le regarder. Le visage de cet homme était la séduction incarnée. La concrétisation de ses rêves les plus secrets et les plus scandaleux. Les yeux brillants, les lèvres très rouges, il était manifestement dévoré par un désir violent. Un désir qu'elle lui inspirait…

Comment pouvait-elle se défendre contre lui et contre elle-même ? Elle n'en avait pas la force. De toute manière, c'était *lui* qu'elle voulait, *cet homme*. Même si elle se mettait en danger, et tant pis si elle se trompait.

La révélation qui s'imposa à elle en cet instant balaya d'un coup sa prudence, en même temps que ses aspirations à une vie tranquille, dans la sécurité. Elle ne pouvait plus éluder la vérité. Il fallait qu'elle aille jusqu'au bout de son désir. Avec lui.

Elle n'était même pas embarrassée de se retrouver à moitié couchée devant lui, dans une pose suggestive. Un seul baiser avait suffi pour qu'elle capitule devant la réalité et s'abandonne à la sensualité de l'instant.

S'il n'avait pas été digne de confiance, il aurait pu profiter de la situation, songea-t-elle avec horreur. Son comportement provocant, quand elle avait perdu tout contrôle, aurait pu lui attirer des ennuis… Mais il avait fait preuve d'une parfaite maîtrise de lui-même et s'en était tenu à sa promesse d'un seul et unique baiser.

Elle plissa le front et le lâcha comme à contrecœur. Dans la folie qui avait manqué de l'emporter, serait-elle allée jusqu'au point de non-retour ? Etait-ce bien elle qui s'était abandonnée ainsi ? Elle avait presque du mal à y croire.

Arik n'aurait pas eu besoin de pousser beaucoup son avantage pour parvenir à ses fins.

Pourtant, il n'en avait rien fait.

Elle le regarda de nouveau, avec une expression d'étonnement sans borne. C'était un homme de parole. Contre toute attente, elle avait trouvé un homme en qui elle pouvait avoir confiance, même pour se défendre d'elle-même.

Après l'épisode traumatisant qui avait assombri une partie de sa vie, cela semblait impossible. *Un homme en qui elle pouvait avoir confiance…*

Sa poitrine se comprima tandis qu'une boule de feu se formait dans sa gorge. C'était ridicule, elle n'allait pas sombrer dans le désarroi maintenant, alors que justement tout allait bien, qu'elle était en sécurité. Cet homme ne lui avait fait aucun mal. Il ne l'avait même pas touchée, seulement embrassée.

Mais la douleur, au lieu de se calmer, se fit plus lancinante. Elle dut fermer les paupières pour refouler ses larmes.

— Rosalie ? Que se passe-t-il ?

Incapable de parler, elle secoua la tête. Comment aurait-elle expliqué ces sentiments qui la bouleversaient ? Le mélange de soulagement et d'incrédulité, le souvenir de la douleur et du dégoût de soi… Ce qu'elle ressentait jaillissait du passé avec la force des émotions trop longtemps refoulées. Le moment d'intimité qu'ils avaient partagé révélait les vieux démons enfouis qu'elle avait jusque-là réussi à tenir à distance.

Elle se détourna en se mordant la lèvre et il s'écarta pour la laisser respirer. Comme il devait la trouver ridicule ! Bouleversée par un simple baiser…

Elle essaya de concentrer son attention sur le dessin du tapis. Des feuilles et des arabesques d'or sur un fond crème et azuré.

— Rosalie.

Le seul son de sa voix, chaude et grave, l'envoûtait !

— Je suis désolée. Je me sens un peu… faible, mentit-elle.

Elle comprenait à peine ce qui se passait… Cela faisait si longtemps ! Et pourtant, le passé, tout d'un coup, la submergeait.

— Tenez, buvez cela.

Elle obtempéra et avala de longues gorgées de jus de fruits frais.

— Merci.

Puis, de nouveau, elle se détourna pour échapper à son regard scrutateur.

— Vous êtes malade ? Vous voulez voir un médecin ?

Elle secoua la tête avec un petit sourire triste.

— Non. Je me sens seulement…

— Faible, je sais, acheva-t-il à sa place, frustré de ne pas en savoir davantage.

Elle ne voulait pas se confier. Quoi qu'il en soit, même si ce baiser l'avait bouleversée, il y avait manifestement autre chose. Elle s'était décomposée brutalement, alors que, à peine quelques secondes plus tôt, elle s'apprêtait à s'ouvrir comme une fleur. Ses yeux s'étaient embués de larmes tandis qu'une expression bizarre se peignait sur ses traits. Une espèce d'effroi.

C'était incompréhensible. Surtout après un tel abandon. Avait-elle eu peur de lui, tout à coup ? Il aurait donné n'importe quoi pour qu'elle retrouve le sourire et la sérénité.

— Voulez-vous que je vous raccompagne à votre hôtel ?

Il n'en avait pas la moindre envie, mais les mots étaient sortis tout seuls.

— Merci, mais ce n'était rien. Cela va déjà mieux.

Une ombre persistait cependant à voiler son regard gris-vert. Il espérait seulement ne pas en être la cause.

— Je préférerais faire un peu de tourisme, reprit-elle. Si votre proposition tient toujours ?

Il hésita un instant. Fallait-il insister et lui poser des

questions ? Mais dans ce cas, elle risquait de le repousser et, égoïstement, il ne voulait pas gâcher leur après-midi ensemble.

— Naturellement, répondit-il enfin. A une condition.

Elle s'humecta nerveusement les lèvres.

— Laquelle ?

— Si vous avez un nouveau malaise, je vous emmènerai consulter un médecin.

— C'est gentil, Arik, mais c'est passé. Ce ne sera pas la peine.

Elle lui adressa un sourire réconfortant. Son prénom, dans sa bouche, prenait des accents érotiques qui ravivèrent son désir. Il contempla ses lèvres tentantes en regrettant presque de ne pas avoir osé quémander un nouveau baiser.

— Venez. J'entends le 4x4 qui arrive.

Elle hésita une fraction de seconde avant d'accepter sa main tendue. En refermant ses doigts sur les siens, Arik poussa un soupir de soulagement. Dieu merci, elle ne lui avait pas retiré sa confiance. Il lui donna le bras pour la conduire au-dehors. Pour l'instant, ce simple geste suffisait à son bonheur.

Les rayons du soleil couchant illuminaient la cour intérieure et embrasaient la chevelure blonde de Rosalie, formant un halo cuivré autour de son visage délicat.

Adossé contre un pilier, Arik observa la jeune femme. Peu à peu, au cours de l'après-midi, les ombres de son regard s'étaient dissipées et ses yeux avaient foncé, jusqu'à devenir d'un beau vert émeraude. Il apprenait à la connaître. La couleur de ses yeux trahissait son humeur.

Après leur baiser, ils étaient verts, comme une invitation à se noyer dans leur profondeur. Puis, brusquement, ils s'étaient embués de larmes, en virant au gris. Il aurait tant voulu savoir pourquoi… Rosalie Winters avait des secrets qu'il avait envie de percer, afin de dissiper son mystère et de l'aider à vaincre sa peur.

Il avait eu raison de l'amener ici. Elle s'était immédiatement sentie chez elle au milieu de ces artistes qui ne possédaient pourtant que des rudiments d'anglais et de français. Rosalie elle-même avait quelques notions d'arabe qu'elle parlait avec un bon accent, pour une débutante. En tout cas, au bout d'une demi-heure, il avait pu s'absenter sans problème pour prendre le thé avec le directeur de l'école et discuter de questions pédagogiques et budgétaires. Il y avait constamment de nouveaux projets qui émergeaient et l'argent d'Arik était le bienvenu.

— Il se fait tard, murmura-t-il en s'approchant.

Une jeune céramiste était en train de choisir des éclats de poterie pour achever une mosaïque. Complètement absorbée par son travail, Rosalie ne l'entendit pas. Il dut poser sa main sur son épaule pour attirer son attention.

— Votre enthousiasme fait plaisir à voir. Mais il faut peut-être songer à rentrer.

Elle jeta un coup d'œil à sa montre.

— Oh, je n'ai pas vu le temps passer.

Dans un mélange d'arabe et d'anglais, elle dit au revoir à tout le monde et ils regagnèrent le véhicule garé devant l'école.

— Arik ?

Il s'immobilisa avec une sensation étrange au creux de l'estomac en l'entendant prononcer son nom. Elle lui arrivait à peine au menton et il eut brusquement envie de la serrer contre lui.

— Les professeurs m'ont parlé de votre mécénat. C'est vraiment bien, ce que vous faites. Encourager de jeunes talents en offrant en même temps à ces adolescents une éducation qui coûterait beaucoup trop cher à leurs parents.

Il haussa les épaules. Cela l'ennuyait un peu, qu'on lui ait parlé de cela. Même si ce n'était pas un secret, il ne l'avait pas amenée là pour se valoriser.

— Je ne cherche pas du tout à vous impressionner. Je pensais simplement que vous apprécieriez de rencontrer d'autres artistes.

— Absolument. J'ai été enchantée. J'ai surtout aimé les céramistes et les mosaïstes.

Ses yeux brillaient et son enthousiasme la transfigurait. Elle posa une main sur son bras, probablement sans s'en rendre compte. En tout cas, pour lui, ce geste ne passa pas inaperçu. La chaleur de ses doigts, à travers sa chemise, se communiqua à son corps tout entier. Brusquement, il eut envie d'une longue étreinte, caressante et passionnée.

— J'aimerais beaucoup m'essayer à la mosaïque, reprit-elle. Mais je ne connais personne, en Australie, qui pourrait m'en enseigner la technique.

— Vous pourriez apprendre ici, en suivant des cours. Il vous suffirait de prolonger un peu votre séjour.

Elle rejeta la tête en arrière et croisa son regard. La force de l'impact le transperça.

— C'est tentant, mais non, je ne pourrais pas. J'ai des responsabilités.

Sa fille, naturellement.

Tout à coup, la perspective de son départ le perturba. Leur relation naissante était-elle vouée à finir si vite ? Quelques jours en sa compagnie suffiraient-ils à le satisfaire ? Hélas, il n'avait pas le choix : après leur brève aventure, la vie reprendrait ses droits, avec un cours normal.

— Alors, pendant un autre séjour, peut-être ?

Elle hésita un instant, assez longtemps pour lui faire prendre conscience qu'il redoutait sa réponse.

— Un jour peut-être, dit-elle enfin en retirant sa main.

D'ici là, je dois me remettre sérieusement à la peinture. J'ai beaucoup perdu.

— Félicitez-vous d'avoir un peu de temps pour pratiquer. A demain à la même heure ?

— Oui, d'accord.

Une certaine nervosité perçait dans sa voix. Mais cela n'inquiéta pas Arik. Dieu merci, elle n'avait pas changé d'avis, en dépit de son accès de… faiblesse.

Quelle que soit la cause de son trouble, Rosalie Winters embrassait avec fougue et passion. Et il était bien déterminé à renouveler l'expérience.

6.

Rosalie jeta un regard circulaire sur l'immense pièce dont les fenêtres ouvraient sur la mer. Elle venait d'entrer dans un monde de luxe et de richesse que bien peu de gens connaissaient. Il n'y avait rien de tapageur ou d'ostentatoire, mais on sentait qu'il avait fallu plusieurs siècles pour bâtir cet univers. Et peut-être aussi quelques batailles, comme en témoignaient deux mousquets en argent suspendus au mur en décoration.

— C'est superbe ! s'écria-t-elle.

L'ensemble était d'une beauté à couper le souffle. Depuis le vaste panorama sur la côte et les eaux turquoise jusqu'aux tentures tissées à la main et aux soieries chatoyantes. En passant par la voûte du plafond recouvert d'une mosaïque de lapis-lazuli et les profonds canapés modernes, en cuir clair.

— Je suis heureux que ma demeure vous plaise, déclara Arik, détendu mais impénétrable.

Il se comportait en hôte parfait. Au grand regret de Rosalie, qui aurait préféré voir se rallumer dans ses yeux l'étincelle de passion qui y brillait l'avant-veille. Elle rêvait de sentir encore la douce caresse de sa bouche sur la sienne.

Elle se tourna vers la terrasse surplombant la falaise pour dissimuler sa rougeur subite. Elle n'arrivait pas à oublier le baiser d'Arik. Ni sa réponse sans retenue.

Le lendemain, elle s'était rendue sur la plage rongée de nervosité, mais avec le secret espoir que cette fois-ci, il la serrerait dans ses bras. Elle avait tellement envie de ses caresses…

Elle s'était donc attendue à recevoir une nouvelle leçon de séduction de la part de ce don Juan à l'art consommé. L'idée de ne pas aller à leur rendez-vous ne l'avait même pas effleurée. En dépit des événements du passé, et bien qu'elle ne se soit pas autorisée à accorder sa confiance à un homme depuis de longues années, son besoin de revoir Arik avait prévalu sur tout le reste.

Le temps finissait peut-être par guérir toutes les blessures, comme le disait sa mère. Qui sait si la chance n'était pas enfin en train de tourner ?

Elle se perdit dans la contemplation de l'horizon bleu-vert. Il lui en avait coûté d'accepter ce qu'Arik lui proposait. Mais elle avait finalement décidé de dire oui à l'aventure pour connaître la passion et se libérer du nœud qui l'empêchait de vivre pleinement. Sa féminité se révélait. C'était la preuve qu'elle s'éloignait pour toujours de son passé tumultueux pour aller de l'avant.

Il y a bien longtemps, lorsqu'elle essayait de se projeter dans l'avenir, elle s'était toujours imaginée avec un homme à ses côtés. Quelqu'un sur qui compter, et qui l'aimerait toujours. Mais les temps avaient changé. Elle se contenterait de ce qu'Arik avait à lui offrir. C'était le meilleur moyen de s'épanouir sexuellement : explorer ces sensations en toute sécurité. Elle pouvait avoir confiance. Il serait tendre et doux.

Il avait en outre assez d'expérience pour lui enseigner tout ce qu'elle avait envie de connaître. A cette pensée, elle croisa les bras en frissonnant.

Malheureusement, il avait manifestement changé d'avis. Maintenant qu'elle se sentait prête, il gardait ses distances et se conduisait en parfait gentleman, évitant même soigneusement de lui effleurer la main. L'avait-elle tellement déçu, quand ils s'étaient embrassés ?

C'était avant tout un homme de parole, déterminé à tenir sa promesse. La veille, après un déjeuner rapide, il l'avait emmenée visiter quelques sites historiques sur la côte. Rien n'avait pu la consoler de son immense déception.

Comment dire à un homme qu'on a envie de faire l'amour avec lui ? Ce n'était pas si simple, surtout si on le soupçonnait de ne plus s'intéresser à vous…

La nuit dernière avait été pire que tout. Elle n'avait quasiment pas fermé l'œil. Même après une longue conversation téléphonique avec sa mère et Belle. Même après un bain parfumé qui n'avait servi qu'à lui rappeler combien elle avait besoin d'Arik.

Elle brûlait littéralement de désir. Elle en avait presque honte et passait son temps, dans un suspense insupportable, à guetter le moindre de ses gestes, suspendue au frêle espoir qu'il la touche. La découverte tardive de sa sensualité la torturait. Elle restait là, comme une âme en peine, à invoquer le ciel alors qu'Arik conservait depuis deux jours une distance scrupuleuse.

Elle ouvrit la porte-fenêtre et sortit sur la terrasse pour respirer un peu d'air frais. Elle avait eu tort d'accepter cette invitation à déjeuner chez lui. Il aurait mieux valu s'enfuir au plus vite tant qu'il lui restait un peu de dignité.

Elle s'accouda sur la balustrade. Quelle ironie ! Se résoudre à une aventure sans lendemain au moment où, justement, il n'en était plus question… Elle secoua la tête avec tristesse. Encore une déconvenue cuisante.

*
* *

— Rosalie ?

Elle se raidit à son approche et il s'immobilisa pour résister à la tentation de lui caresser les cheveux.

— Quelle vue extraordinaire ! Vous avez beaucoup de chance.

Elle recommençait à parler de sujets impersonnels, sans grand intérêt pour lui. Il méritait mieux, alors que depuis deux jours il faisait des efforts surhumains pour se contrôler. Il avait respecté son changement d'humeur et s'était tenu à distance pour ne pas l'importuner. Mais au prix d'une frustration intolérable. Le baiser qu'ils avaient échangé avait attisé son désir. Depuis, il ne rêvait que de la prendre dans ses bras pour l'assouvir.

Cette pensée l'obsédait. Ce qui avait débuté comme un divertissement s'était transformé en idée fixe. Un instant, il avait battu en retraite devant sa méfiance. Mais la passion qui couvait sous les apparences ne lui avait pas échappé. Il était temps de passer à l'acte.

Il avança d'un pas.

— Oui, j'ai beaucoup de chance. Mes ancêtres se sont battus vaillamment pour conquérir ce territoire et y vivre en paix.

— Et maintenant, vous en profitez.

Pourquoi gardait-elle la tête penchée ? Pour lui cacher son expression ? Il posa une main à côté de la sienne, sur la balustrade. Elle avait des doigts longs et effilés, et une peau incroyablement délicate. Il s'imagina en train d'explorer son corps dénudé, avide de caresses.

— Je profite le plus possible de la vie. C'est là toute ma philosophie.

Elle se tourna vers lui avec une expression confuse, les lèvres entrouvertes. Avec une profonde inspiration, il lui prit la main et elle se laissa faire sans résister.

— Venez, Rosalie. Le repas est servi. Vous aurez tout le temps d'admirer la vue après le déjeuner.

Ils traversèrent d'innombrables pièces, tandis qu'il lui expliquait avec force détails comment la forteresse s'était peu à peu transformée en palais au cours des siècles. Il ne savait même pas si elle l'écoutait. Lui-même parlait comme un automate, sans réfléchir. Seules comptaient leur proximité et sa main dans la sienne.

Il avait fait dresser le couvert dans un petit salon de ses appartements privés, loin de la solennité de la salle à manger officielle. Car il n'était pas question qu'on les dérange pendant les heures qui allaient suivre.

— Après vous, Rosalie, dit-il en ouvrant une porte.

Il ressentit une petite décharge d'électricité familière quand elle croisa son regard. Puis elle franchit le seuil en poussant une exclamation de ravissement. Une fenêtre en encorbellement, semi-circulaire, surplombait la falaise. Tout autour courait une banquette habillée de la même soie que les rideaux.

Arik dut faire des efforts surhumains pour modérer ses ardeurs. Au cours de ces quelques jours, il l'avait si souvent imaginée dans l'intimité de ce décor ! Les muscles tendus, il se dirigea résolument vers la table basse.

— Vous voulez boire quelque chose ? demanda-t-il d'une voix sourde, chargée de désir.

— Oui, avec plaisir.

Il jeta un coup d'œil par-dessus son épaule. Elle s'approchait du télescope installé devant la deuxième fenêtre.

— Vous observez les étoiles ?

Il haussa les épaules, en se souvenant du premier jour où il l'avait aperçue, sur la plage. Il y avait à peine une semaine et, pourtant, cela semblait si loin…

— Ou les bateaux, au large, répondit-il en ajoutant deux glaçons dans les verres. Ces derniers temps, j'étais immobilisé avec une jambe dans le plâtre. J'avais besoin de me distraire. Je n'ai pas l'habitude d'être inactif.

— Comment est-ce arrivé, votre accident ?

— Sur une plate-forme pétrolière. Les explosions sont peu fréquentes, heureusement. Cette fois-ci, tout le monde a été évacué à temps. Nous nous en sommes tirés avec quelques blessures sans gravité.

— Vous avez un métier dangereux.

Elle avait une expression si inquiète qu'il eut envie de la serrer contre lui pour la rassurer. Mais non, pas encore.

— La plupart du temps, on est autant en sécurité que sur la terre ferme. C'est juste une affaire de synchronisation.

Il s'approcha de la table qui remplissait presque entièrement l'embrasure.

— Ayisha s'est surpassée.

— Ayisha ?

— Ma cuisinière. Elle doit penser que nous mourons de faim après nous être dépensés toute la matinée sur la plage.

Elle tressaillit en saisissant l'allusion à demi-mot.

— Asseyez-vous, je vous en prie.

Elle s'installa sur la banquette et il se glissa à côté d'elle, mais pas trop près.

Tout était délicieux. Subtilement épicé, fondant à souhait, avec des arômes d'herbes sauvages et exotiques. Pourtant, Rosalie n'arrivait pas à apprécier cette cuisine exceptionnelle.

Arik accaparait toute son attention. Elle était particulièrement fascinée par ses longues mains brunes qui la servaient, soulevant des couvercles, approchant des plats. Un frisson la parcourut quand ses doigts frôlèrent les siens. Toute la journée, elle avait espéré ce contact. A présent, elle était quasiment hypnotisée. Si elle avait obéi à son impulsion, elle aurait pris sa main pour la poser sur sa poitrine, à l'endroit où son cœur battait si fort.

Sagement, elle avala un morceau de poisson grillé. Arik poursuivait leur conversation tranquille et détendue en apparence tandis que sa nervosité augmentait à chaque instant.

Il approcha un plat de riz aux raisins secs, amandes et abricots.

— Une des spécialités d'Ayisha.

Elle hocha la tête.

— Dites-moi ce que vous en pensez, murmura-t-il en lui tendant une fourchette pleine.

Elle ouvrit la bouche docilement tandis que quelque chose, en elle, lâchait prise. La retenue ? La prudence ?… La peur ? Il l'observait attentivement, sans la quitter des yeux.

Une saveur exquise et parfumée explosa dans sa bouche. Mais le regard dont elle était prisonnière possédait une force infiniment plus palpable… Elle déglutit à grand-peine.

— C'est délicieux.

— Bien. Encore un peu.

De nouveau, il lui tendit la fourchette, avec un large sourire qui la mit mal à l'aise.

— Merci. Mais je n'en veux plus.

— Ah, alors nous arrivons au moment que je préfère.

Quelque chose, dans le ton de sa voix, la mit sur ses gardes. Elle frissonna.

— Le dessert, annonça-t-il en la couvant du regard. J'ai toujours adoré les douceurs.

Les mots paraissaient inoffensifs. Pourtant, la façon dont il les prononçait suggérait des sous-entendus équivoques.

Il était temps de partir, de lui expliquer qu'elle avait changé d'avis. Ou qu'elle avait la migraine. Peu importait le prétexte, il fallait sortir d'ici au plus vite.

— Je…

— Oui ?

Il se pencha vers elle imperceptiblement. Aussitôt, elle sentit l'odeur épicée de sa peau, virile et musquée, et s'humecta les lèvres. Si elle s'échappait, il ne chercherait pas à la retenir. Elle le savait. Elle se replierait sur elle-même, loin des tentations, et renouerait avec la peur et la prudence qui l'avaient si bien protégée au cours des trois dernières années. Elle savait comment s'y prendre pour ne pas souffrir.

— Moi aussi, j'aime les desserts, chuchota-t-elle au bout d'un temps interminable.

Elle fut immédiatement récompensée par un sourire radieux d'approbation.

— Vous serez gâtée, Rosalie.

Elle sursauta quand il lui prit la main pour la porter à sa bouche et y déposer un baiser. Et quand il caressa l'intérieur de son poignet, elle fut parcourue par un long frémissement, de la nuque à la pointe des seins, du bout des orteils jusqu'en haut des cuisses.

Il retourna alors sa main pour l'embrasser au creux de la paume. Instinctivement, elle voulut la retirer, mais il la garda prisonnière.

— Ne nous hâtons pas, Rosalie. Nous avons tout l'après-midi. Voulez-vous un fruit ?

— Je… Oui, merci, articula-t-elle, la gorge sèche.

Elle était dans un état de nervosité indescriptible. Avait-elle raison de rester ? Allait-elle regretter sa décision ?

Soudain, une vague d'impatience l'emporta dans un déferlement. Bientôt, très bientôt, elle se blottirait entre les bras d'Arik... Elle réprima le sourire qui commençait à étirer ses lèvres à cette pensée.

Non, elle n'avait aucun regret.

— Vous aimez les pêches ? demanda-t-il en approchant de sa bouche un morceau de fruit.

Elle acquiesça et il glissa un morceau de fruit parfumé entre ses lèvres.

— Vous n'en mangez pas ? demanda-t-elle quand il lui tendit une nouvelle tranche.

Cette fois-ci, les doigts d'Arik s'attardèrent légèrement, comme une caresse. Offerte aux sensations qui l'envahissaient avec une douce chaleur, elle se redressa sur sa chaise pour attendre la prochaine bouchée.

— Cela dépend, répondit-il en baissant les yeux sur sa main agrippée au bord de la table.

Elle marqua une hésitation en considérant l'assiette sur laquelle reposaient les tranches de pêche. Puis, toute frémissante, elle en prit une entre ses doigts, tout en s'efforçant de calmer les battements de son cœur. Mais le regard brûlant d'Arik anéantit tous ses efforts. Elle tremblait tellement qu'il dut lui tenir la main pour l'approcher de ses lèvres.

Sans la lâcher, il suça ensuite le jus qui coulait le long de son pouce.

— Succulent, commenta-t-il d'une voix de gorge.

Quand ce fut de nouveau son tour, elle l'imita avec une audace qui la stupéfia elle-même. Le plaisir manifeste d'Arik reflétait sa propre excitation. Il était partagé, totalement réciproque et, pour la première fois, elle prit conscience du pouvoir qu'elle avait sur lui, elle aussi. Même si c'était lui le maître du jeu, la novice qu'elle était avait quelque chose à offrir.

Le petit manège se poursuivit et elle s'abandonna tout entière à la sensualité du moment. Elle ferma les paupières en exhalant un long soupir de contentement. Les caresses d'Arik sur le bout de ses doigts suffisaient à la transporter au paradis.

— Rosalie…

Elle rouvrit les yeux au son de sa voix. Il lui offrait un autre morceau de pêche. Lorsqu'un peu de jus coula sur ses lèvres, il s'approcha tout près de son visage pour récupérer les gouttes du bout de sa langue. Elle sentit son souffle chaud et huma par saccades son parfum enivrant. Il se mit à embrasser la ligne de sa mâchoire, jusqu'au lobe de son oreille, avant de descendre lentement vers la base de son cou.

Elle rejeta la tête en arrière pour s'offrir sans réserve à ses baisers tandis qu'il pressait ses lèvres sur sa gorge. A présent, elle n'avait plus qu'une envie, sentir ses mains se poser sur son corps et se perdre dans le tumulte de ses sensations.

Mais brusquement, il s'écarta. Inquiète, elle l'interrogea du regard. Il restait si près qu'il la touchait presque. Pendant une fraction de seconde, elle l'implora en silence. Mais il se renfonça contre le dossier de la banquette.

Une vague de panique l'emporta alors. Avait-il changé d'avis ? Pourquoi se comportait-il ainsi ? Elle se redressa au moment où il lui tendit une serviette pour essuyer les traces de fruit sur son menton. Son expression avait changé au point de paraître dure. Toute insouciance l'avait quitté, en même temps que la complicité sensuelle. Elle en resta sans voix. Avec n'importe quel autre homme, elle aurait pris peur.

De la part d'Arik, curieusement, cela amplifia son désir.

— Le moment est venu, déclara-t-il en prenant ses mains dans les siennes. Vous avez pris votre décision, n'est-ce pas, Rosalie ?

Incapable de proférer un son, elle se contentait de hocher la tête.

— Bien.

Déjà, il l'aidait à se lever.

— Vous n'aurez aucun regret, je vous le promets…

7.

La brise marine qui soufflait par la fenêtre ouverte rafraîchit les joues en feu de Rosalie tandis qu'Arik l'entraînait dans son domaine privé. La chambre était vaste, claire et aérée avec, adossé au mur du fond, un lit immense, recouvert d'une magnifique étoffe richement brodée... Une véritable invitation au plaisir. Ce fut là qu'il la conduisit, lentement, inexorablement.

Sa gorge se serra. Aurait-elle vraiment le cran d'aller jusqu'au bout ?

Mais quand Arik l'attira sur le lit, elle perçut son insistance tranquille comme un gage de félicité totale. L'accomplissement d'un bonheur qui lui était refusé depuis trop longtemps. Elle allait enfin goûter aux joies de l'amour physique. Sans plus d'arrière-pensées, elle s'appuya contre lui. Maintenant, c'était son corps qui parlait, son seul instinct qui la guidait.

Leur baiser fut parfait, plein de passion malgré la retenue qu'elle sentait chez lui. Et cette fois-ci, il la caressa, avec beaucoup de douceur. Partout où ses mains se posaient, sur sa peau nue mais aussi à travers ses vêtements, elles allumaient une ligne de feu. Une fièvre ardente la gagna peu à peu avec l'impression qu'aucun remède ne serait assez fort pour la calmer.

Puis le corps massif et musculeux d'Arik se renversa sur

elle. Machinalement, elle s'agrippa à lui en se délectant de la manière dont il l'écrasait sur le matelas. Elle n'avait pas mal, seulement une conscience aiguisée de sa poitrine au contact de son torse. Elle avait envie de se frotter contre lui, d'explorer chaque centimètre de sa peau avec ses mains et ses lèvres. Elle voulait que leurs chairs se mêlent, fusionnent. Elle voulait…

— Rosalie.

Il murmura son nom contre sa bouche, dans un souffle enjôleur. Puis il déposa une pluie de baisers le long de son cou, jusqu'à l'endroit où son pouls battait. Involontairement, elle se cambra en poussant un petit cri. Les sensations qui l'envahissaient mirent son sang en effervescence et une vague de chaleur l'inonda tout entière, au point qu'elle crut défaillir.

— Je t'attends depuis si longtemps, chuchota-t-il.

En même temps, il commença à déboutonner son chemisier. Elle rouvrit les yeux pour le contempler. Comme il était beau ! Il avait des traits finement dessinés mais en même temps très virils, et animés par un feu intérieur et une force de caractère peu commune. Il y a seulement une semaine, devant l'intensité de sa détermination, elle aurait pris peur. Mais aujourd'hui, elle était subjuguée.

Elle éprouvait un tel désir pour lui… C'était un besoin, une nécessité. Tout chez lui la bouleversait. La forme de sa bouche, ses paupières un peu lourdes, le frémissement imperceptible de ses narines…

Ecartant les pans de son chemisier, il traça du bout du doigt la ligne de son soutien-gorge en dentelle. Un désir fou dansait dans ses yeux.

— Tu es belle, Rosalie.

Elle se tendit vers lui, comme pour réclamer ses caresses.

— Et si douce, ajouta-t-il en posant la main sur son sein.

Elle ferma les paupières.

— Je n'ai pas de contraception, dit-elle tout à coup, dans un sursaut de lucidité.

— Ne t'inquiète pas, ma chérie. C'est à moi de me montrer responsable.

Il avait l'air si calme, si sûr de lui… L'embarras de Rosalie se dissipa comme par enchantement.

— Je n'ai pas beaucoup…

D'expérience, allait-elle ajouter. Mais elle se ravisa. Elle avait un enfant. Il ne comprendrait pas et elle n'avait pas envie de se lancer dans de grandes explications. Pas maintenant.

— Ne t'inquiète pas, Rosalie. Tout se passera bien.

Il lui caressa la poitrine et elle réprima une exclamation de surprise quand les pointes de ses seins se durcirent entre ses doigts.

— Tout sera parfait entre nous, murmura-t-il d'une voix apaisante.

Ensuite, elle cessa complètement de s'inquiéter et de réfléchir. Il n'y eut plus que le velours sombre de son baiser et la pression grandissante de sa main. Arik ne la quittait pas, mais elle n'en avait jamais assez et se pressait toujours davantage contre lui, dans une attitude implorante.

Une fraction de seconde, il la lâcha et elle se raccrocha aussitôt à ses épaules avec l'énergie du désespoir. La passion qu'elle lisait au fond de ses yeux de braise la rassura. Le dernier doute s'envola. Elle sut avec certitude qu'elle avait eu raison de rester.

— J'ai besoin de te toucher, Rosalie.

Arik fut surpris par le calme de sa voix alors qu'il

avait l'impression de chanceler au bord d'un gouffre. Il avait maintes fois connu l'urgence du désir, mais jamais avec une telle fièvre. Il luttait de toutes ses forces pour ne pas lui arracher ses vêtements. En même temps, elle l'émouvait par son air fragile et vulnérable. Elle semblait prendre vie sous ses caresses, comme s'il la réveillait d'un long sommeil.

Il était au supplice, tendu à l'extrême. Pourtant, il n'y avait pas d'alternative que de l'aimer très lentement. Il se souvenait trop douloureusement du doute qu'il avait lu dans ses yeux. Pour ne pas l'effrayer, il n'avait pas d'autre choix. Même si la torture était pour lui insupportable.

Il lui ôta son chemisier avant de le jeter à terre.

— Touche-moi, commanda-t-il avidement.

D'abord, elle ne bougea pas. Puis, très lentement, si lentement qu'il faillit s'impatienter, elle tendit une main pour défaire un bouton de sa chemise, et un deuxième. Elle glissa alors sa paume sous le tissu pour la poser sur son cœur.

Il ferma les paupières pour mieux savourer ce contact.

— Encore, exigea-t-il.

Timidement, elle promena sa main sur son torse. Après quelques hésitations, elle s'enhardit tout à coup et le déboutonna entièrement, cette fois-ci avec dextérité. Il réprima un soupir de soulagement. Ils venaient de franchir un nouvel obstacle.

Elle le fixait avec de grands yeux écarquillés, attentifs, comme si elle cherchait à graver l'image de son corps dans sa mémoire. Il en conçut une vive émotion. Quand elle le regardait de cette façon, il avait l'impression d'être un dieu, ou un héros.

Elle se mit à le caresser avec des mouvements circulaires. Malgré les spasmes qui contractaient ses muscles, il s'obligeait à ne pas bouger. Mais son bras en tremblait presque.

— Tu es beau, souffla-t-elle.

— Non, Rosalie. Mais toi, oui, tu es très belle.

Incapable de résister plus longtemps à la tentation, il dégrafa son soutien-gorge et un cri rauque lui échappa. Il demeura un instant immobile, à l'admirer simplement, avant de prendre ses seins au creux de sa paume, alternativement. Ils étaient ronds et très doux. Et parfaitement adaptés à sa main, exactement comme il l'avait pressenti. Sous ses doigts, leurs pointes se durcirent instantanément tandis qu'une secousse la traversait.

C'était comme si son corps le reconnaissait et n'attendait que lui depuis toujours. Peut-être une idée ridicule, mais qui s'incrusta en lui.

Sa respiration saccadée accrut le désir logé au creux de ses reins et qui le tenaillait depuis le déjeuner. Il avait de plus en plus de mal à le contenir. Il s'allongea sur elle, en insinuant ses cuisses à l'intérieur des siennes.

Il ne savait pas combien de temps encore il pourrait tenir. Pourtant, en observant son visage, il aperçut tout à coup l'ombre d'une expression interdite et déconcertée. Elle avait envie de lui, mais en même temps quelque chose jetait le trouble en elle.

Alors il se maîtrisa, s'oubliant totalement pour s'occuper d'elle. Il se pencha de nouveau sur sa poitrine. Enivré par un doux parfum de rose, il prit la pointe d'un sein dans sa bouche, tendrement d'abord, puis plus fougueusement. Elle se mit à gémir, de plus en plus fort, en s'arc-boutant contre lui et en s'agrippant à ses cheveux.

Impatiemment, elle bougea les hanches en frottant ses jambes contre les siennes.

Bientôt.

Ses capacités à résister s'amenuisaient et le sang battait contre ses tempes dans un vacarme assourdissant.

— Arik, chuchota-t-elle. S'il te plaît…

Il descendit la fermeture Eclair de son pantalon pour glisser la main entre ses cuisses.

— S'il te plaît, répéta-t-elle.

— Chut, Rosalie. Tout va bien. Détends-toi.

Quand elle planta son regard dans le sien, il ne fut pas sûr de déchiffrer correctement son expression. Etait-ce de la panique, ou du ravissement ? Ou peut-être un mélange des deux ?

Elle enfouit les doigts dans les cheveux de sa nuque tandis qu'il cherchait l'endroit secret de sa féminité.

— Arik ? Je ne…

— Fais-moi confiance, Rosalie.

A l'évidence, ses expériences passées ne lui avaient pas procuré beaucoup de plaisir, songea-t-il avec colère. Un instinct protecteur lui commandait de veiller sur elle et de rechercher obstinément ce qui pouvait lui faire du bien.

Elle ouvrit la bouche pour dire quelque chose, mais aucun son n'en sortit. Il la caressait avec une tendre assurance. Les frémissements qui couraient sur sa peau se transformèrent en frissons. Et bientôt, elle se pressa de toutes ses forces contre la main qui lui donnait du plaisir. Pendant tout ce temps, son regard brillant, vert de jade, resta rivé au sien. Il eut l'impression d'y sombrer quand, secouée par des tremblements incoercibles, elle cria son nom, encore et encore, avec un air de ravissement indescriptible. Ce fut pour lui un moment d'une intensité inoubliable.

Elle ferma les yeux quand les dernières vibrations s'estompèrent. Mais son corps à lui était en feu. La vision sensuelle de son plaisir avait provoqué en lui une ivresse et une exaltation qu'il n'avait encore jamais éprouvées.

Il embrassa ses lèvres. Elle répondit instantanément,

avec une sorte de langueur lascive qui le bouleversa. Avec un gémissement, elle serra ses mains sur sa nuque et ses épaules. Alors, comme par réflexe, il pressa les hanches contre les siennes, tandis que des fulgurances jaillissaient derrière ses paupières closes.

Une ferveur nouvelle l'animait, il le voyait bien. Toutes ses appréhensions, jusqu'à la dernière, seraient bientôt complètement dissipées. La façon dont elle s'accrochait à lui le rendait fou…

Il finit par s'écarter, suffisamment pour qu'elle lâche ses épaules. Mais, refusant de perdre son contact, elle tendit les mains vers son torse. Elle avait les yeux clos et les lèvres gonflées. Une rougeur légère colorait ses pommettes, et sa poitrine se soulevait au rythme de sa respiration encore précipitée. Autour de son beau visage, ses cheveux défaits formaient un halo d'or.

Qui était cette femme, surgie de nulle part quelques jours plus tôt ? Pourquoi avait-elle subitement pris une place aussi importante dans son existence ? Elle occupait toutes ses pensées et déclenchait en lui une foule d'émotions inconnues.

C'était un miracle.

Il acheva de se redresser, puis se mit à genoux pour lui ôter le reste de ses vêtements. L'odeur musquée du plaisir précipita ses mouvements.

Ce n'était plus l'affaire que de quelques secondes. Le temps de se déshabiller et de se protéger, ainsi qu'il le lui avait promis.

L'univers de Rosalie avait basculé entièrement. Elle avait abandonné tout contrôle d'elle-même entre les bras d'Arik. Il l'avait portée au paroxysme de la volupté. Quelle expérience renversante… Un instant elle avait eu peur de se perdre. Mais son regard rassérénant l'avait ramenée à la raison. Sans ce lien qui la rattachait à la réalité, elle aurait pu mourir de plaisir et d'extase.

Et maintenant, elle se sentait… Comment décrire ce bien-être total, cette impression d'absolu contentement ?

Son corps était lourd, et cependant vibrant, plein de vie. Elle étira langoureusement son corps nu sur le couvre-lit. Mais où était Arik ? Anxieuse de ne pas sentir sa présence, elle ouvrit les yeux. Il était là, debout à côté du lit, nu lui aussi, superbe, athlétique. Fascinée, elle observa la toison brune qui recouvrait ses pectoraux, puis disparaissait avant de renaître au bas de son ventre. Magnifiquement proportionné, il aurait fait un excellent modèle pour un cours de dessin.

Mais elle n'était pas assez objective pour le considérer simplement d'un œil d'artiste. La virilité qui émanait de lui la bouleversait. Et l'effrayait un peu.

Il était en train de mettre un préservatif. La gorge sèche, elle le regardait avec un trouble croissant. A ce moment-là, il lui sourit et ce fut assez pour alléger la tension qui lui nouait l'estomac.

— Rosalie, murmura-t-il en venant se placer à califourchon au-dessus d'elle. Ma beauté…

Quand il lui prit la main pour déposer un baiser au creux de sa paume, ce simple geste déclencha un frisson qui la parcourut des pieds à la tête.

Il était merveilleux. Totalement à l'aise dans son corps, il se mouvait avec une souplesse et une élégance innées. Sa peau mate et bronzée formait un tel contraste avec la sienne qu'elle n'arrivait pas à détacher les yeux de son bras possessif posé sur son ventre. Comment une image aussi simple pouvait-elle lui paraître le comble de l'érotisme ?

Sa jambe frôla la sienne et elle se mit à palpiter, tandis qu'une douce chaleur l'irradiait. Il se pencha pour planter un baiser sur son nombril. Aussitôt, des vagues concentriques se propagèrent à partir de ce point. Elle frissonna en prenant conscience du vide qui recommençait à se creuser en elle.

Il l'embrassa partout sur le ventre, sur la courbe de la hanche. Les signaux du désir renaissaient et elle s'agita nerveusement. Etait-ce normal, ce regain d'appétit, si vite ?

— Tu aimes mes baisers ? questionna-t-il doucement, en posant de nouveau ses lèvres sur son ventre frémissant.

Un peu hésitante et intimidée, elle tendit les bras pour le ramener vers son visage.

— Tu ne les aimes pas ? la taquina-t-il.

Un désir impérieux perçait sous le ton malicieux. Elle ouvrit la bouche pour répondre, mais fut incapable d'articuler un son. Une boule d'émotion lui serrait la gorge. Il était si tendre, si gentil… Il la traitait avec une douceur qu'aucun homme ne lui avait jamais témoignée jusque-là. Les yeux embués de larmes, elle secoua la tête.

Il se redressa aussitôt pour mieux voir son visage.

— Rosalie ? questionna-t-il abruptement.

Pour toute réponse, elle se jeta éperdument dans ses bras en lui offrant ses lèvres.

Pendant un long moment, il demeura sur le qui-vive, rigide, sans oser bouger. Puis, quand il sembla comprendre qu'elle se donnait tout entière, et il la serra fort contre lui. Sous la pression de son désir viril contre son ventre, elle se sentait envahie par un mélange de nervosité et de fascination.

— Rosalie, reprit Arik. Tu me rends fou de désir.

Ses caresses se firent plus précises, plus possessives. Quand il la prit par les hanches, elle bascula instinctivement à sa rencontre.

— Tu m'as ensorcelé, souffla-t-il.

Il posa une main sur son sein pour le presser doucement. Aussitôt, elle poussa un cri. Les battements de son cœur résonnaient sourdement dans sa poitrine, et la voix chaude et grave d'Arik emplissait son oreille de tendres murmures. Il lui parlait dans sa langue, dont les accents lyriques l'enveloppèrent comme de la musique. Ses paroles l'apaisaient et la troublaient en même temps car il se faisait toujours plus ardent, plus pressant…

Il n'y avait plus que lui au monde. L'univers, tout à coup, se limitait à l'odeur qui montait de sa peau, au goût de sa bouche, à ses mains caressantes… Et toujours, s'accentuait ce creux, en elle, qui lui faisait presque mal.

Elle remarqua à peine le moment où il glissa un bras sous sa cuisse pour la soulever. Mais elle se figea en sentant la pression de son sexe entre ses jambes, puis s'absorba tout entière dans la sensation.

Il se retira un bref instant, sans la quitter des yeux, comme s'il guettait ses réactions. Puis il plongea de nouveau en elle et toute pensée cohérente les quitta en même temps. Plus rien n'existait que leurs deux corps qui se mouvaient à l'unisson, dans un rythme parfait. Tout en étouffant un gémissement incrédule, elle se cambra et planta ses ongles dans les épaules d'Arik tandis que des myriades d'étoiles dansaient sous ses paupières closes.

Pourtant, elle n'était pas encore au bout de ses découvertes.

Le visage d'Arik était presque méconnaissable. D'une voix altérée, il murmura :

— Lève ton autre jambe, ma chérie.

Elle obtempéra docilement et il s'enfonça encore plus profondément. C'était… merveilleux. Inouï.

Une étincelle jaillit entre eux à ce moment-là et un même élan les emporta. Elle se mouvait à sa rencontre dans un accord sans faille, encore et encore. Elle était prête pour lui. Elle l'attendait.

Le tempo s'accéléra. Ils ne s'appartenaient déjà plus. Avec le crescendo de son rythme cardiaque, elle entendit des gémissements sourds qui s'échappaient de la gorge d'Arik. Puis sa bouche se referma sur la sienne pendant qu'il la possédait.

Elle faisait partie de lui. Leurs deux êtres glissaient ensemble dans un grand trou noir tourbillonnant.

Lorsque le maelström les emporta, elle s'agrippa à lui comme si sa vie en dépendait. Il était la seule réalité solide qui lui restait alors que le monde explosait dans une conflagration qui l'ébranla au plus profond. Les mots lui manquaient pour décrire ce qu'elle ressentait. Elle savait seulement que ce sentiment de complétude dépassait toutes ses espérances et même ses rêves les plus fous.

La personnalité d'Arik n'était certainement pas étrangère à l'intensité de ses émotions. Il la tenait serrée contre lui dans ses bras tremblants comme s'il ne voulait plus jamais la lâcher.

Comment une chose pareille pouvait-elle se produire entre deux étrangers ?

C'était plus que l'union de deux corps. Cela ressemblait davantage à la communion de deux âmes.

Elle aspira en frissonnant le parfum musqué de sa peau. Une brève aventure pouvait-elle procurer un tel sentiment de… perfection ?

Que lui arrivait-il ?

8.

— Tu as l'air de bien t'amuser, Amy. Et que vas-tu faire demain avec Grandma ?

Rosalie écoutait en souriant le récit de sa fille. Elle avait donné des carottes au poney et demain elle irait se baigner après un pique-nique. Oncle Rafiq l'avait impressionnée par sa taille. Quand il l'asseyait sur ses épaules, elle se sentait comme une géante.

La mère de Rosalie avait raison. Amy passait de très bonnes vacances en famille et avait conquis tout le monde par son humeur joyeuse, jusqu'aux nombreux domestiques qui s'affairaient autour d'elle pour la gâter.

Une porte s'ouvrit, laissant le passage à Arik, et le sourire de la jeune femme s'estompa un peu quand elle croisa son regard. La flamme qui dansait dans ses yeux lui serra la gorge. Comme elle, il avait revêtu un vêtement d'intérieur très ample qui, loin d'atténuer sa virilité, accentuait encore sa large carrure.

Il lui suffisait d'un regard pour être envahie par une onde torride. Les paumes moites, elle l'observa à la dérobée tandis que les souvenirs de l'après-midi assaillaient son esprit. Il lui avait ouvert le monde de la sensualité.

Le temps avait passé si vite… Elle avait failli en oublier son coup de fil quotidien à sa fille. C'est lui qui l'avait rappelée à ses devoirs de mère, en plantant un dernier baiser sur ses lèvres. Elle en avait rougi de honte. Et maintenant, devant lui, elle n'arrivait plus à se concentrer sur les babillages d'Amy.

Elle n'était pourtant pas une mauvaise mère. Que lui arrivait-il ?

Il ne s'approcha pas et disparut dans la salle de bains attenante. Soulagée, elle redevint immédiatement disponible. Pourtant, le répit accordé à ses sens fut de courte durée. Le bruit de l'eau qui coulait éveillait en elle des images troublantes…

— Je dois te laisser, maman. Grandma m'appelle.

— Très bien, ma chérie. Embrasse-la de ma part, avec tatie Belle.

— D'accord, maman. Bisous.

— Bisous. A bientôt.

Rosalie raccrocha. Persuadé que sa fille était en Australie, Arik avait généreusement mis à sa disposition son téléphone personnel. Pour lui, contrairement à elle, l'argent ne comptait pas. Belle avait plusieurs fois offert son aide financière à sa sœur, mais Rosalie tenait à se débrouiller seule. Ce voyage à Q'aroum était l'une des rares exceptions.

— Tu aurais pu parler plus longtemps.

Plongée dans ses pensées, elle sursauta. Arik était debout dans l'embrasure de la porte, en train de la regarder.

Elle frissonna. Jamais elle n'avait éprouvé une explosion de joie aussi incandescente, doublée de la certitude absolue d'une communion parfaite avec un autre être. Il réunissait tous ses rêves en un seul. Fort et passionné, il savait en même temps faire preuve d'une douceur indescriptible. En acceptant de faire l'amour avec lui, elle avait l'impression de lui avoir livré à tout jamais une part d'elle-même. Sur le moment, elle n'y avait pas pris garde. Mais à présent, l'idée la rendait mal à l'aise.

Il ne fallait pas s'impliquer. C'était trop dangereux. Elle

vivait une simple aventure de vacances, avec un homme terriblement séduisant. Mais ce n'était qu'une parenthèse. Bientôt, sa curiosité satisfaite, elle retournerait à sa vie normale et ordinaire.

Malgré tout, elle n'arrivait pas à se résoudre à ce point de vue. C'était comme si un lien très fort, invisible, se nouait entre eux deux, malgré eux. En ce moment même, elle se sentait mystérieusement rattachée à lui.

Devant l'abîme insondable de ses yeux noirs, elle comprit que la bataille était perdue d'avance. Comment serait-elle restée indifférente ? Il l'affectait au plus profond de son âme. D'une certaine manière, elle l'avait absorbé dans son être. Brusquement, une peur irraisonnée la saisit. Pourrait-elle jamais redevenir elle-même, sans lui ?

— Ta fille va bien ?

Comment résister à ce sourire ?… L'estomac noué, elle tenta de maîtriser son émotion.

— Elle s'amuse beaucoup. Elle est avec son oncle, sa tante et ma mère, qui lui passent tous ses caprices.

— C'est bien. Tous les enfants ont besoin d'être gâtés par leur famille. Au moins, cela l'empêche de trop penser à toi et elle risque moins de souffrir de ton absence.

Décidément, il ne ressemblait pas à la plupart des hommes, généralement peu capables d'empathie et trop égoïstes pour se soucier du bien-être des enfants.

— Tu as l'air d'avoir réfléchi à la question, observa-t-elle, curieuse d'en apprendre davantage sur lui.

Même si elle le connaissait intimement, elle savait bien peu de choses sur sa vie.

Il haussa les épaules.

— Je suis un enfant unique, mais la famille au sens large compte beaucoup pour moi et j'ai toujours été très entouré. J'ai passé toute mon enfance sous la férule de mon père qui m'enseignait la discipline et le sens des responsabilités, pendant que le reste de mon entourage m'adulait. Nous autres Q'aroumis aimons beaucoup les enfants, tu sais.

— Et ta mère ?

— Ah, c'est une femme passionnée. C'est avec elle que j'ai appris l'intelligence du cœur.

Quand il se pencha vers elle, elle se sentit soudain inexplicablement vulnérable et assaillie par une étrange appréhension. La lumière de fin d'après-midi jetait des ombres sur le visage de son amant en accentuant son mystère et son exotisme.

C'était pourtant de la folie... S'abandonner dans les bras d'un inconnu... Mais elle se rassura vite. Elle en savait assez sur lui, sur son intégrité et sa gentillesse, pour avoir confiance. Ils avaient conclu un pacte. Elle était en sécurité.

Et pourtant... Lorsqu'il la regardait ainsi, elle avait des doutes.

— Viens.

Il s'avança pour la prendre dans ses bras et, machinalement, elle se pendit à son cou. C'était si bon de se serrer contre lui ! Elle savourait le plaisir de retrouver la chaleur familière de son corps.

— Où allons-nous ?

— Chut. Assez parlé pour l'instant, Rosalie.

Il la conduisit dans la salle de bains démesurée, de forme octogonale, avec quatre immenses baies vitrées qui offraient une vue spectaculaire sur la mer. Au beau milieu, sous un dôme doré, se trouvait la plus grande baignoire qu'elle ait jamais vue, enfoncée dans le sol et à moitié remplie par une eau bouillonnante et parfumée. Une délicieuse odeur de bois de santal flottait dans l'air.

Le cœur battant, elle se hissa sur la pointe des pieds pour l'embrasser.

— Non, pas tout de suite.

La déception dut se lire sur son visage car il pressa son pouce sur sa lèvre inférieure. Aussitôt, elle entrouvrit la bouche et se mit à le mordiller, les jambes chancelantes.

— Bientôt, promit-il.

Il se baissa pour rassembler dans sa main le bas de sa robe d'intérieur, qu'il remonta le long de ses jambes avec une lenteur très érotique. Au fur et à mesure qu'il la dénudait, elle sentait le souffle de l'air courir sur sa peau frémissante. Enfin, au bout d'une attente qui lui parut interminable, il jeta le vêtement à terre et ses mains commencèrent à caresser ses fesses, ses reins, sa taille, ses seins alourdis par le plaisir… Plongeant son regard dans le sien, elle y reconnut le même désir qui la ravageait.

A son tour, elle souleva sa djellaba. Sous ses doigts se dessinaient les contours parfaits du corps qui lui avait donné tant de plaisir… Les cuisses musclées, les hanches étroites, les pectoraux marqués. Il baissa la tête et leva les bras pour l'aider. Bientôt, ils furent nus tous les deux.

Un poids lui écrasa la poitrine. Comme il était beau…

— Si tu continues à me regarder comme ça, nous en aurons fini avant même d'avoir commencé.

Il parlait bas, dans un chuchotement à peine audible, et avec une urgence qui augmentait la confusion de Rosalie. Promptement, elle se détourna pour entrer dans le bain.

Arik retint une exclamation étouffée en la regardant s'enfoncer dans l'écume bouillonnante. Elle avait des fesses admirables et une taille si fine qu'il en faisait le tour entre ses mains. D'une main tremblante, il chercha un préservatif.

Devant son regard inquiet, il s'exhorta à la douceur. En dépit de sa sensualité naturelle, elle n'avait que peu d'expérience, il ne devait pas l'oublier. Il avait presque eu l'impression de faire l'amour avec une jeune fille vierge. La mine abasourdie, presque choquée, elle avait eu l'air de découvrir l'orgasme pour la première fois.

C'était une expérience nouvelle pour lui, totalement captivante. Tout de suite, il avait eu envie de la surprendre en lui révélant les secrets de son plaisir de femme. Et ses réponses avaient dépassé ses espérances. Elle l'avait subjugué.

Il aimait les femmes et le sexe, et avait beaucoup d'expérience. Pourtant, rien n'avait jamais égalé la pure extase qu'il avait connue avec Rosalie Winters.

Son désir s'était réveillé tout de suite, comme s'il ne pourrait jamais se rassasier d'elle. Même maintenant, il se demandait comment il avait pu lui laisser quelques minutes pour téléphoner à sa fille. Elle était la tentation incarnée. Quand elle le regardait avec ses grands yeux vert de jade, comme en ce moment, il n'avait qu'une envie, se jeter sur elle. Mais il devait prendre son temps, aller doucement.

— Viens ici, Rosalie.

Dès qu'il lui tendit la main, elle se glissa vers lui pour s'asseoir sur le large rebord. Il ne pouvait pas attendre plus longtemps. Il l'enlaça par la taille pour l'attirer contre lui.

Elle était unique. Il la connaissait depuis à peine quelques jours et déjà elle l'intoxiquait comme une drogue. Il prit sa bouche avec un instinct possessif, en pressant une cuisse entre ses jambes. Elle tressaillit.

Il esquissa un sourire contre ses lèvres. Elle était prête.

Quand il prit son sein dans sa paume, elle le repoussa, avec une sorte de gémissement animal, et frotta ses hanches contre lui, dans un mouvement circulaire. S'il le voulait, il pouvait assouvir son désir tout de suite, en quelques secondes.

Mais il se retint. Elle méritait mieux que la satisfaction un peu barbare d'instincts primaires. Il avait mieux à lui offrir. Plus de finesse et…

Il se figea, comme frappé par la foudre lorsque la main de Rosalie se referma sur son sexe.

— Non ! protesta-t-il dans un grognement indistinct. Ne me touche pas.

— Cela ne te plaît pas ? demanda-t-elle sans la moindre malice.

Le sérieux de son expression lui serra le cœur. Elle avait sincèrement peur de lui déplaire ! Le souffle court, il prit son menton entre le pouce et l'index pour plonger son regard dans le sien, au plus profond.

— Au contraire, Rosalie. C'est trop de plaisir.

Une adorable moue de surprise se dessina sur ses lèvres tandis qu'il ajoutait d'une voix altérée :

— C'est le seul problème. Il faut que tu arrêtes.

Quand, au lieu de le lâcher, elle raffermit la pression de ses doigts, il ferma les yeux. Il devait trouver la force de résister… Il inspira profondément et retira sa main. Puis il baissa la tête et sa bouche glissa vers ses seins pour les embrasser, jusqu'à ce qu'elle soupire voluptueusement. Son corps se mit à onduler sous ses caresses. Alors, ses doigts cherchèrent l'endroit si tendre, entre ses cuisses, où se cachait le mystère de sa féminité.

— Non ! protesta-t-elle avec véhémence, en le repoussant. Non, Arik, je t'en prie.

Il contempla avec une tendresse infinie son visage empourpré. Elle était imprévisible…

— C'est toi que je veux, souffla-t-elle.

Comment aurait-il résisté à ce ton implorant ? D'un geste sûr, il s'assit sur le rebord et l'attira à califourchon sur lui. La prochaine fois, se promit-il. La prochaine fois, il prendrait le temps. Il trouverait la patience de s'occuper d'elle lentement, jusqu'à ce qu'elle défaille de plaisir. Il serait fort.

— Viens, chuchota-t-il. Laisse-toi aller.

Elle s'agenouilla sur lui tandis qu'il prenait la pointe de ses seins entre ses lèvres. Puis, avec un gémissement, elle commença à bouger.

C'était le paradis.

Il avait les yeux rivés aux siens. Comment une femme pouvait-elle être à la fois si innocente et si séductrice ? Impudique dans ses instincts érotiques et pourtant ingénue, étonnée des sensations qu'elle procurait. Il était écartelé entre le désir de la protéger et l'envie de la posséder brutalement, avec la violence sans pitié qu'elle éveillait en lui.

Au moment où son rythme s'accéléra, il la prit par les hanches et toute pensée cohérente le quitta. La même vague les emporta.

— Arik ? Je…

Sa voix mourut dans un murmure indistinct. Ils perdaient complètement le contrôle d'eux-mêmes. Une sorte de magie opérait pour les réunir et les fondre totalement ensemble, dans un seul être, unique.

Arik n'avait jamais rien vu d'aussi beau que l'éclair d'extase qui traversa les yeux vert de jade.

Ce fut un déferlement d'une intensité inouïe, qui explosa en longues vagues successives. Lorsque les derniers spasmes s'espacèrent, elle retomba sans forces entre ses bras. Lui-même était inerte, épuisé et une seule pensée dansait dans son cerveau embrumé. *La prochaine fois.* La prochaine fois, il serait plus patient. Il ne céderait pas si vite à la passion. La prochaine fois, il lui ferait l'amour lentement, avec toute la tendresse et l'attention qu'elle méritait…

*
* *

Les premières lueurs de l'aube jetaient une clarté rosée sur les draps froissés du grand lit où elle reposait à côté d'Arik. Il la tenait par la taille. Même pendant son sommeil, il ne l'avait pas lâchée.

Ils étaient restés ensemble toute la soirée et toute la nuit. A s'embrasser, se caresser, s'aimer. Même quand elle croyait dormir, Rosalie se contentait de somnoler. Dès qu'elle ouvrait les yeux, elle surprenait son regard brillant et attentif posé sur elle. Sa propre impudeur l'étonnait, tout comme son manque de retenue. Sans jamais se lasser, elle avait savouré la prodigalité de ce corps viril, si fort et si tendre en même temps. Si patient.

Elle contempla son visage aux pommettes hautes, à la mâchoire volontaire. Sous le nez légèrement aquilin, la courbe de ses lèvres sensuelles lui rappelait le goût enivrant de ses baisers. Son estomac se contracta nerveusement. Il avait fait naître en elle des désirs dont elle n'avait jamais soupçonné l'existence. Elle-même avait fait des choses dont elle ne se serait jamais cru capable…

Son regard descendit vers ses épaules, au creux desquelles elle s'était nichée avec un délicieux sentiment de sécurité et de bien-être. Une sensation de chaleur l'envahit. Mais il ne s'agissait pas de désir sexuel, cette fois-ci. C'était plus profond, plus dérangeant.

Sa gorge se noua à cette pensée. Après cette nuit merveilleuse, qui dépassait tout ce dont elle avait rêvé, il lui fallait maintenant affronter la dure réalité.

Elle n'était pas faite pour vivre des aventures sans lendemain. Elle l'avait toujours su. Ce n'était pas son style. D'ailleurs, les événements qui l'avaient traumatisée trois ans plus tôt l'avaient confortée dans ses convictions.

Pourtant, elle avait succombé sans protester à la séduction

d'Arik. Elle y avait même consenti en toute conscience. Elle avait voulu satisfaire sa curiosité, découvrir ce qu'étaient le désir, le sexe et la passion. Elle avait pu le faire en toute confiance avec lui. Il lui avait promis de l'entourer d'égards et de ne pas prendre plus que ce qu'elle voulait donner. Et à la fin de cette idylle de vacances, la vie reprendrait son cours normal. Elle retrouverait sa fille et se tournerait vers des projets d'avenir. Rien n'aurait changé.

Sauf que cela ne se passait pas tout à fait ainsi.

Elle s'était trompée.

Elle contempla de nouveau le visage d'Arik. Il lui était si cher, maintenant... Comment avait-elle pu s'aveugler à ce point ? Dans sa détermination à vivre l'instant, elle avait délibérément ignoré les signaux annonciateurs du danger.

A présent, il fallait payer le prix de son insouciance.

Dans son estomac, la sensation nauséeuse se transforma brusquement en douleur vive tandis qu'elle s'efforçait de mémoriser ses traits. Elle avait envie de le caresser pour sentir sous ses doigts sa barbe naissante. Mais elle n'osa pas.

Le courage lui manquait, maintenant qu'elle comprenait ses faiblesses. Si elle le touchait, elle était perdue. Le désir se réveillerait instantanément et elle ne se contenterait pas d'une simple caresse.

Ce qui l'entraînerait encore plus loin. Non. Il ne fallait pas y songer.

A la vérité, Arik représentait beaucoup plus qu'un partenaire sexuel. Il ne s'agissait pas d'une brève rencontre. Les sentiments qu'elle éprouvait n'avaient rien de fugitif. Elle l'avait su d'instinct, dès le début, mais avait préféré éludé la vérité. Par lâcheté ou simple commodité.

Ses yeux la picotèrent quand elle le regarda une dernière fois, pour imprimer à jamais son image dans sa mémoire. Il valait mieux partir maintenant. En finir tout de suite avant qu'il se rende compte de ce qu'elle ressentait. Car il serait au-dessus de ses forces de supporter sa pitié.

De toute manière, ils avaient épuisé le temps qu'ils s'étaient accordé. Sa peinture était terminée depuis la veille. Elle avait un souvenir vague de la satisfaction qu'elle avait éprouvée à la vue du résultat. En tout cas, techniquement, leur accord était arrivé à son terme.

Possédait-elle assez de force et de courage pour repousser ses aspirations désespérées et faire ce qu'elle avait à faire ?

9.

— Non, monsieur. J'ai vérifié deux fois. Nous n'avons pas eu de Rosalie Winters parmi nos clients. Ni aucune personne originaire d'Australie au cours du mois écoulé.

— Bien, je vous remercie.

Arik coupa la communication en fronçant les sourcils.

Réfléchis. Elle n'était ni dans les hôtels du bord de mer ni dans les petites pensions qui offraient des chambres d'hôtes. Mais elle n'avait pas pu s'évaporer dans les airs. Où diable était-elle ?

Son poing se crispa avec colère sur le bout de papier qu'il avait chiffonné. Comment avait-elle osé partir en lui laissant ces quelques mots griffonnés à la hâte ? Des expressions convenues qui dansaient stupidement dans sa tête.

J'ai vécu de merveilleux instants... Je préfère ne pas te revoir... Et ce dernier mot, qui l'accablait : *Merci.*

Merci ! Comme s'il lui avait fait une faveur dont elle était redevable.

Il grinça des dents furieusement. Quelle audace ! Personne n'avait le droit de s'adresser à lui avec une telle désinvolture ! Comme si elle pouvait le remercier poliment de ses services et le planter là, tel un souvenir dont elle n'avait pas envie de s'encombrer.

Comme s'il n'y avait rien eu de spécial entre eux. Pourtant, elle s'était donnée à lui avec une passion qu'il n'avait connue chez aucune autre femme. Il avait vécu chaque instant de ces quelques journées avec une intensité sans pareille. Il avait même appris à goûter les longs silences dans lesquels elle s'enfermait quand elle peignait. Il avait tout fait pour lui être agréable. Au cours de leurs promenades, il avait écouté attentivement ses commentaires, et autant apprécié la vivacité de son esprit qu'il avait adoré son corps.

Physiquement, ils s'entendaient à merveille et il refusait catégoriquement d'être dépossédé de la plus belle expérience amoureuse de sa vie.

Pour qui se prenait-elle ? Il ne s'expliquait pas son comportement. Elle était partie comme une voleuse, quand il avait fini par s'endormir, comme si elle n'avait pas le courage de l'affronter. Comme si elle avait honte du plaisir qu'ils avaient partagé, de cette incroyable intimité qui s'était si vite installée entre eux.

C'est plutôt lui qui aurait dû avoir honte, d'avoir laissé cette brève liaison prendre autant d'importance. Rosalie Winters l'avait totalement dominé, à son insu. Avec son air d'innocence et sa gentillesse toute simple, elle l'avait mené par le bout du nez et s'était tout bonnement servie de lui avant de s'enfuir. A son retour, elle ferait sans doute des gorges chaudes en racontant cette histoire à ses amies.

Il fronça les sourcils. Non, malgré sa fureur, il n'arrivait pas à l'en croire capable. Ce n'était pas une manipulatrice.

Mais alors, que s'était-il passé ? Pourquoi s'était-elle sauvée ?

Il sortit sur la terrasse et, pour la centième fois, scruta la plage vierge de toute trace de pas depuis la dernière marée. Aucune silhouette familière ne se dessinait à l'horizon.

Une douleur vive, acérée, lui déchira les côtes. Une sensation de brûlure intolérable qui lui donnait envie de taper dans le mur à coups de poing.

Cela ne se passerait pas ainsi. Bien sûr, cette histoire devait se terminer un jour ou l'autre. Il l'avait toujours su.

Mais pas tout de suite.

Pas si vite.

Il n'était pas prêt.

Un après-midi et une nuit avec Rosalie dans ses bras, loin de le rassasier, n'avaient fait qu'aiguiser son appétit. Quelle que soit la raison étrange qui l'avait poussée à partir, il l'obligerait à revenir sur sa décision. En attendant, il fallait la retrouver.

Il téléphona à l'aéroport sur son portable. Rosalie venait d'embarquer à destination de la capitale q'aroumi. Elle avait dû battre des records de vitesse pour attraper le premier avion. Dieu merci, il n'y avait pas de correspondance internationale pour l'Australie avant deux jours. Cela lui laissait assez de temps. Il partirait en hélicoptère. De toute façon, il avait des obligations en ville le lendemain après-midi. Cela tombait bien.

Un sourire crispé se dessina sur ses lèvres. Rosalie Winters n'allait pas s'en tirer si facilement. Le temps de la prudence était passé. La prochaine fois, il n'aurait plus aucune raison de brider sa passion. Il prendrait son plaisir sans compter, jusqu'à satiété. Alors, et alors seulement, il accepterait la rupture. Mais certainement pas avant.

Quand il aurait découvert dans quel hôtel elle était descendue, ce serait un jeu d'enfant de la reconquérir.

Le lendemain, dans l'immense salle d'audience du Palais royal, Arik eut brusquement l'impression de recevoir un coup de poignard en plein cœur. Il comprenait maintenant pourquoi il n'avait pas réussi à retrouver la trace de Rosalie…

Son cousin Rafiq et son épouse, Belle, donnaient une

réception en l'honneur du premier anniversaire de leur fils, Adham. Derrière le couple royal se tenait une dame plus âgée, habillée à l'occidentale, qui ne pouvait être que la mère de Belle. La ressemblance entre les deux femmes était frappante. Même avec ses cheveux gris, elle était encore belle et possédait un visage plein de caractère.

Et à côté, il y avait une autre femme, plus jeune, vêtue d'un pantalon et d'une tunique à manches longues sous laquelle on devinait une poitrine ronde et une taille étonnamment fine.

Rosalie.

Il était abasourdi. Que faisait-elle là ? Puis, ses yeux étonnés détaillèrent la femme de son cousin avant de revenir sur le visage de Rosalie. Elles avaient toutes les deux les mêmes yeux en amande, le même menton volontaire… Indéniablement, elles avaient un air de famille.

Sa maîtresse était la belle-sœur de Rafiq.

Les implications de cette révélation le laissèrent complètement sidéré. Elle appartenait à la famille royale. Même si Rafiq n'était qu'un cousin éloigné, il le considérait comme un frère. Ils avaient grandi ensemble et traversé une épreuve qui les avait soudés par un lien indéfectible : Rafiq avait perdu ses parents dans un accident d'hélicoptère presque au même moment où le père d'Arik était emporté par la maladie.

S'il avait su qui était Rosalie, il n'aurait pas eu d'autre choix que de se tenir à l'écart. En la séduisant, il avait non seulement manqué de respect à Rafiq, mais enfreint les règles élémentaires de la courtoisie et de la morale.

Le rang que Rosalie occupait lui interdisait tout simplement d'avoir une liaison avec elle, même si elle était consentante.

Malheureusement, c'était trop tard et il ne pouvait pas

effacer ce qui avait eu lieu. Mais maintenant, il n'était plus question de renouer.

Il serra les poings de rage et de dépit. Il aurait pu hurler de frustration. Elle était devenue inaccessible.

Un jeu de lumière dans ses cheveux blonds attira son regard. Presque au même moment, elle leva la tête vers Rafiq avec un sourire. Aussitôt, une jalousie ridicule, irraisonnée, s'insinua dans les veines d'Arik. Elle était à lui. Elle lui appartenait ! Elle n'avait pas le droit de sourire à quelqu'un d'autre !

Il ne s'était pas reposé depuis son départ. Le souvenir de son corps le hantait. Il avait envie de l'entendre rire, de se perdre dans le vert de ses yeux… Et maintenant, il découvrait qu'elle était intouchable… C'était insupportable.

Pourquoi lui avait-elle caché son identité ? Pour se moquer de lui ?

Il secoua la tête. Non, Rosalie n'était pas calculatrice. Il y avait une autre explication.

A l'autre bout de la pièce, le petit groupe se déplaça et une autre tête blonde apparut, toute bouclée, avec un visage d'ange. Amy. Quand Rosalie se pencha pour lui parler, une douleur aiguë transperça Arik. L'amour qui les unissait toutes les deux avait l'évidence d'un jour d'été.

Un profond sentiment de malaise s'empara de lui. Il ne pouvait tout de même pas être jaloux de la relation qu'elle avait avec sa fille… Et pourtant… Il éprouvait une violente émotion à la vue d'une intimité qui lui était maintenant refusée.

— Elle s'appelle Rosalie, dit une femme à côté de lui.

Il sursauta. Ses pensées se lisaient-elles sur son visage ? Mais non. Sa voisine parlait à une autre dame plus âgée.

— Elle est aussi jolie que sa sœur.

Il se figea en écoutant le reste de la conversation.

— Mais elle est beaucoup plus bohême. Tu vois la petite

fille ? Eh bien, apparemment, elle n'a pas de père. Il n'est pas mort et il n'y a pas eu de divorce. On ne sait probablement pas qui c'est. Tu sais comment sont les jeunes femmes, de nos jours, complètement dévergondées.

— La génération précédente ne leur a pas forcément donné le bon exemple, intervint Arik rageusement.

Puis, essayant de maîtriser son agressivité excessive, il ajouta :

— N'avons-nous pas coutume, à Q'aroum, de bien accueillir les étrangers ? Notre sens de l'hospitalité légendaire devrait vous interdire de colporter des ragots. Que dirait notre hôte, s'il vous entendait ?

Immédiatement, les deux femmes se répandirent en excuses avant de s'éclipser. Mais il n'en conçut aucune satisfaction. Une rage sourde continuait à l'habiter.

Quelle situation impossible ! Il voulait Rosalie dans son lit. Mais en même temps, il aurait voulu protéger sa réputation pour la défendre contre l'étroitesse d'esprit de son peuple.

Crispant la mâchoire et plissant les yeux, il se dirigea vers la famille royale. Il était temps de présenter ses hommages.

Rosalie était baissée, en train de parler à Amy quand elle l'entendit.

Elle crut d'abord être victime d'une hallucination. La voix fluide et grave fit courir un frisson sur sa peau. Son inconscient lui jouait des tours ! Elle se mordit la lèvre en se raccrochant à la terrible résolution qui lui avait arraché le cœur.

Puis, de nouveau, elle l'entendit. « Arik ! »

En se tournant brusquement, elle faillit tomber. C'était lui. Ici. A deux mètres d'elle.

Il était en train de bavarder avec Rafiq et Belle. A l'évidence, c'étaient de vieux amis. Ils se connaissaient bien. Pourquoi n'avait-elle même pas songé à cette éventualité ? Arik était une personnalité influente. Il siégeait probablement au conseil gouvernemental dont Rafiq lui avait parlé. En tout cas, il était clair que leur relation n'était pas uniquement protocolaire. Ils avaient des liens d'affection.

La tête de Rosalie lui tourna pendant qu'elle réfléchissait aux conséquences. L'avait-il vue ? Savait-il qui elle était ? Et comment réussirait-elle à faire bonne figure devant lui en feignant un intérêt poli alors que le seul son de sa voix avait détruit toutes ses défenses ?

Elle le fixa avec une expression de désespoir. De sa position accroupie, il lui apparaissait encore plus immense. Il portait un pantalon ample, d'une blancheur immaculée, et une tunique de lin rebrodée d'or, resserrée à la taille par une ceinture rouge à laquelle pendait un poignard de cérémonie dans un fourreau en argent. Un turban du blanc le plus pur faisait ressortir le teint mat de son visage aristocratique.

C'était bien Arik, mais un Arik qu'elle n'avait jamais vu. Arik le cheikh, le noble, l'étranger.

Le cœur battant, elle se redressa avec Amy dans les bras. Elle fut tentée de s'enfuir, avant qu'il ne la voie. Mais c'était déjà trop tard. Belle faisait les présentations.

— Et ma sœur Rosalie. Avec sa fille Amy.

Il lui décocha un regard qui la cloua sur place, transpercée par le désir.

— Rosalie ? lança Belle, un peu inquiète.

Mais Rosalie n'arrivait pas à détacher les yeux de l'homme qui l'observait intensément. Elle ouvrit la bouche en cherchant désespérément quelques mots polis pour la circonstance.

Mais il la devança.

— Bonjour, Rosalie, dit-il simplement, mais avec

une intonation qui attira aussitôt l'attention de tout le monde.

Interdite, Rosalie, elle, n'arrivait toujours pas à prononcer un son.

— Je ne m'attendais pas à te voir ici.

Il avait l'air en colère. Elle avait eu tellement de mal à le quitter qu'elle n'avait pas imaginé ce qu'il ressentirait. Si elle avait été un peu plus forte, elle serait restée pour s'expliquer de vive voix. De toute façon, il aurait accepté sa décision. Il n'avait pas été question d'autre chose que d'une brève aventure. Mais il était sûrement très susceptible. Elle l'avait probablement vexé.

— Bonjour, Arik, articula-t-elle d'une voix altérée.

Puis elle se tourna vers sa fille pour échapper à son regard de braise.

— Amy, je te présente Arik.

La petite fille ouvrit de grands yeux pour examiner tranquillement l'inconnu. Puis un sourire éclatant illumina son visage.

— Bonjour.

— Bonjour, Amy. Je suis ravi de faire ta connaissance. J'ai beaucoup entendu parler de toi.

L'expression d'Arik avait perdu toute sa dureté pour se faire presque… douce. Terriblement émue, Rosalie considéra les deux êtres qui avaient pour elle le plus d'importance au monde. L'espace d'un instant, elle se surprit à espérer l'impossible.

— Vous vous connaissez ? demanda Belle avec curiosité.

Rosalie n'échapperait pas à un compte rendu détaillé lorsqu'elle se retrouverait seule avec sa sœur… Elle se gratta la gorge.

— Oui. Nous nous sommes rencontrés sur la plage, la veille du départ de Mum et Amy.

— Une seule fois ? insista Belle, mi-déçue, mi-incrédule.

Rosalie implora Arik du regard mais il garda les lèvres closes avec un air impénétrable.

— Non. J'ai passé deux matinées à peindre sur la plage et Arik m'a aidée. C'est-à-dire…

— Après avoir vu mes chevaux galoper dans les vagues, Rosalie a eu envie d'en mettre un dans son tableau. Je me suis fait un plaisir d'accéder à sa requête.

— Ahmed les lui a amenés ? s'enquit Rafiq en prenant part à la conversation.

Arik croisa le regard de Rosalie avec une étincelle de désir au fond des yeux et elle s'agita nerveusement. Leur trouble ne pouvait pas passer inaperçu…

Arik secoua la tête.

— Non. Je n'avais rien à faire. Je m'en suis chargé moi-même.

Il se tourna abruptement vers son cousin pour lui faire face, avec une expression de défi. Quelque chose se passa alors entre les deux hommes, silencieusement. Un échange sans paroles qui demeura mystérieux pour les autres. Puis les traits d'Arik se détendirent et Rafiq lui sourit en lui donnant une tape sur l'épaule.

— Tu es tellement fier de tes chevaux ! Comme s'ils pouvaient rivaliser avec les miens !

— Heureusement pour toi, mon cher cousin, je suis trop bien élevé pour me disputer avec mon hôte.

— « Cousin » ? souffla Rosalie.

— A un degré assez éloigné, l'informa Belle. Mais oui, ils sont de la même famille.

Rafiq était en train de proposer une course pour juger de la meilleure écurie. Ces deux-là avaient l'air de s'entendre à merveille.

Décidément, les complications s'accumulaient… Il était

déjà assez douloureux de se languir d'un homme inaccessible… Mais si en plus elle était contrainte de supporter sa présence au sein d'une famille qui s'inquiétait de son bonheur et la surprotégeait, la situation deviendrait vite intenable.

Subitement, elle eut la sensation d'étouffer, comme si les murs se rapprochaient pour l'écraser. Elle se sentait prise au piège. La conversation alentour se mit à bourdonner dans ses oreilles et un frisson glacé courut le long de sa colonne vertébrale.

Elle n'avait plus ressenti une telle panique depuis longtemps. Elle croyait même que ces crises appartenaient au passé, comme ses pires cauchemars.

— Rosalie ? Tu te sens mal ?

La voix d'Arik lui parvint à travers une espèce de brouillard. Sa sollicitude lui réchauffa le cœur.

— Non, tout va bien.

Elle remonta machinalement le poids d'Amy sur sa hanche.

— Mais tu n'as pas arrêté de courir partout avec Amy toute la journée, intervint sa mère. Il serait temps de te reposer un peu.

Elle tendit les bras.

— Allons, Amy, viens un peu avec Grandma.

Rosalie abandonna sa fille à contrecœur. Sans le rempart protecteur de son enfant, elle se sentait exposée, vulnérable. Autour d'elle les discussions allaient bon train. Arik et son beau-frère se mettaient d'accord sur une date pour leur course de chevaux. Belle et sa mère, penchées sur le berceau d'Adham, le héros du jour, s'émerveillaient de le voir dormir à poings fermés au milieu de tout ce bruit. Rosalie avait hâte de se retrouver seule avec ses pensées.

Au bout d'une heure, comme quelques invités commençaient à partir, Rosalie en profita pour s'éclipser. Après avoir échangé quelques mots à mi-voix avec sa mère, elle emmena Amy le long des labyrinthes du vieux palais, jusqu'à leurs appartements. La petite fille, qui n'avait pas fait de sieste, était épuisée et elle n'eut aucun mal à l'endormir.

Puis elle resta là, à écouter la respiration régulière de son enfant, en regardant le ciel qui s'assombrissait. Elle se sentit horriblement seule.

Elle souffrait. A cause d'Arik.

Il avait détruit son fragile équilibre en réveillant des rêves inaccessibles, impossibles à réaliser. Surtout avec lui.

Sa claustrophobie revenait. Envahie par une sensation d'étouffement, elle sortit sur la terrasse pour respirer plus librement et bannir la peur qui l'étreignait. A l'horizon, le soleil couchant embrasait la mer, et le ciel se teintait d'indigo.

Elle poussa un soupir de soulagement. La vue magnifique et la solitude de l'endroit la rassérénaient et libéraient son esprit.

Que ferait-elle si Arik décidait de rester quelques jours chez son cousin ? Normalement, elle ne devait pas quitter Q'aroum avant plusieurs semaines et elle éveillerait des soupçons et des inquiétudes inutiles en avançant son départ. Mais elle ne pourrait pas non plus avoir avec lui un comportement aimable et poli, comme si de rien n'était. Alors qu'un feu ardent dévorait son corps et son âme.

Pourtant, quelle alternative avait-elle ?

Elle était accoudée sur la balustrade, perdue dans ses réflexions, quand un bruit, derrière elle, la fit sursauter.

— Ah, Rosalie, lança la voix qui hantait ses rêves. Je me doutais que je te trouverais ici.

10.

Le cœur d'Arik se serra douloureusement. Rosalie était plus belle que jamais. Sa tunique était un peu chiffonnée du côté où elle avait porté Amy et elle était décoiffée, comme si l'enfant s'était amusée à entortiller quelques mèches blondes autour de ses doigts. Elle avait le regard perdu.

Il l'aimait ainsi, avec une tenue un peu en désordre, comme si elle sortait du lit. Comme par réflexe, son désir s'éveilla, ce qui ne fit qu'accroître sa colère. Il croisa les bras, attendant des explications.

— Je ne m'attendais pas à te voir ici, souffla-t-elle d'un air un peu hagard, sans rien trouver d'autre à dire.

Il lui jeta un regard dur, furieux.

— Tu croyais que j'allais tranquillement rester chez moi à me satisfaire de ton petit mot ridicule ?

Elle secoua la tête.

— J'ignorais que tu étais invité à la réception.

— Je t'en aurais parlé si tu avais eu l'honnêteté de me dire que tu faisais partie de la famille de Rafiq.

— Je n'ai pas été malhonnête ! protesta-t-elle en relevant le menton d'un air provocateur. Je ne t'ai pas menti.

— Si. Par omission, Rosalie. Tu le sais bien.

Il s'avança en fronçant les sourcils, comme pour la mettre au défi de le contredire.

— Jamais nous ne serions devenus amants si j'avais su

qui tu étais. Est-ce la raison pour laquelle tu m'as caché la vérité ?

— Bien sûr que non. Je ne te demandais rien, moi. C'est toi qui as cherché à me séduire.

— Alors pourquoi n'as-tu rien dit ?

Il s'approcha plus près, le souffle court. Encore hier, il l'aurait prise dans ses bras pour la serrer contre lui. Il aurait enfoui son visage au creux de son épaule pour respirer son odeur et goûter sa peau sucrée.

Mais aujourd'hui, ce n'était plus possible. En vingt-quatre heures, tout avait changé.

Elle lui était devenue interdite, inaccessible. Quelle torture, de se tenir aux portes du paradis sans pouvoir y pénétrer…

— Je voulais… être moi-même, tout simplement. C'est important pour moi d'être indépendante. De toute manière, c'est sans importance.

— « Sans importance ! » rugit-il en se remémorant le choc qu'il avait ressenti dans la salle d'audience.

Comment pouvait-elle prétendre une chose pareille alors que c'était justement ce qui l'empêchait de lui faire l'amour là, tout de suite, sur les pierres encore chaudes de la terrasse ? N'avait-elle aucune idée de la violence du désir qu'il ressentait ? Elle n'était tout de même pas aussi naïve. Pas après ce qu'ils avaient partagé.

Au bout d'un instant interminable, elle leva enfin sur lui un regard sombre et amer.

— Tu n'avais pas besoin de tout savoir de moi pour m'avoir dans ton lit. Quand on décide de vivre une brève aventure avec quelqu'un, on n'a pas besoin de connaître tous les détails de sa vie. Or, il n'a jamais été question d'autre chose entre nous, Arik.

Il essaya de garder son calme. Elle n'avait pas complètement tort. Au début, il s'agissait seulement d'une relation sexuelle. Mais ensuite…

L'esprit confus, il fronça les sourcils en se débattant contre une logique implacable qui avait pourtant été la sienne pendant des années.

— Tu as une piètre opinion de moi et des hommes, dit-il enfin d'une voix rageuse et saccadée. Les moments que nous avons passés ensemble ne t'ont donc rien appris sur moi ? Je n'existe pas que par ma libido !

Après toute la patience et la tendresse dont il avait fait preuve, il se sentait sali par ses accusations. Si c'était à refaire, il ferait fi de ses protestations et la prendrait sans ménagement. Il assouvirait son propre plaisir sans se soucier d'elle. Mais il se priverait aussi de moments exquis…

Il agrippa furieusement la balustrade. Il en voulait à Rosalie de sa clairvoyance, qu'il trouvait insultante. Mais elle avait correctement interprété ses motivations. Au début, c'était une simple pulsion sexuelle qui l'avait poussé vers elle. A son tour, il eut envie de la blesser.

Les ragots qu'il avait surpris au palais, pendant la réception, lui revinrent brutalement à la mémoire.

— C'est peut-être toi qui as un problème, Rosalie ? Tu ne fais pas confiance aux hommes. De quoi as-tu peur ? Que s'est-il passé avec le père d'Amy ? Avec lui aussi, tu t'es tenue à distance, retranchée derrière le prétexte d'une brève aventure ?

Son exclamation horrifiée lui fit aussitôt regretter ses paroles dictées par la frustration. En visant Rosalie, il se trompait de cible. C'est lui qui était en cause.

Elle s'affaissa comme si ses jambes se dérobaient sous elle. Immédiatement, avec un affreux sentiment de culpabilité, il se précipita pour la soutenir mais elle l'arrêta d'un geste.

— Non ! Laisse-moi.

La bouche crispée, elle se ressaisit puis se tourna vers la mer, avec une expression de profonde amertume qui le bouleversa.

— Tu as peut-être raison, répondit-elle enfin d'une voix méconnaissable. Mon problème est sans doute là… Mais pour le père d'Amy, tu te trompes. Cela ne s'est pas passé comme cela.

— Je sais, Rosalie. Je…

— Tu ne peux pas savoir, le coupa-t-elle. Tu n'as pas la moindre idée.

Elle s'interrompit pour reprendre sa respiration.

— Alors je vais tout te raconter. Cela soulage de se confier, n'est-ce pas ?

L'évocation de cette histoire paraissait tellement douloureuse qu'il faillit protester. Mais en même temps, il avait envie de savoir… Il se tut en attendant la suite.

— Il y a quelques années, j'ai quitté la maison familiale pour emménager à Brisbane, commença-t-elle d'une voix blanche. J'avais économisé assez d'argent pour me payer des études à l'école des beaux-arts. J'avais un emploi à mi-temps et je louais un petit studio. Je rêvais de devenir une artiste. J'étais terriblement naïve, à cette époque. Trop confiante. Mes ambitions artistiques m'absorbaient pleinement en ne me laissant guère de temps pour autre chose… Je n'avais même pas encore eu un vrai petit ami. Comme tu vois, sexuellement, je n'ai pas été très précoce…

Elle marqua une nouvelle pause, très longue. Le tremblement de sa voix trahissait une détresse à fendre l'âme et il luttait contre l'envie de la serrer contre lui pour la réconforter.

— Et puis, au cours de mon second semestre à Brisbane, j'ai rencontré un garçon qui me plaisait.

Arik s'en voulut de provoquer ces souvenirs pénibles.

Il se moquait de ses anciens amants. Pourtant, en même temps, il était captivé par son récit.

— Au début, il n'a pas fait très attention à moi. C'est à peine s'il m'avait remarquée. Mais un jour il m'a donné rendez-vous. Pour m'emmener à une fête à laquelle il était invité… C'était une grande maison à deux étages. Un manoir. Avec beaucoup de gens partout, dans toutes les pièces, qui dansaient et s'amusaient.

Son débit se fit haché et il s'inquiéta.

— Rosalie ? Tu n'es pas obligée de…

— J'ai bu un cocktail. Nous étions tout un groupe sur le balcon à discuter de peinture, de galeries d'art et de nos perspectives d'avenir. C'était très agréable…

Elle ferma les yeux avant de poursuivre :

— Au début en tout cas. Ensuite, j'ai commencé à me sentir mal. Quelqu'un a suggéré que l'alcool m'était monté à la tête, et m'a conseillé de m'allonger. Je me souviens à peine du moment où je me suis levée en titubant. Ensuite, plus rien.

Un lourd silence tomba, tandis qu'un affreux pressentiment serrait le cœur d'Arik.

— Quand je me suis réveillée, c'était le matin.

Elle se mit à sangloter convulsivement.

— J'étais nue, dans un lit sens dessus dessous. J'avais des bleus sur tout le corps. On m'avait violée.

Les derniers mots, prononcés sur un ton de défi, le brûlèrent comme une gifle. Un mélange de détresse et de rage impuissante s'empara de lui.

— Tu as porté plainte ? demanda-t-il enfin, au bout de quelques minutes interminables.

Elle secoua la tête.

— Je ne savais même pas qui était mon agresseur. Si c'était le garçon qui m'avait donné rendez-vous ou un autre. En plus, je me sentais… souillée. Je ne voulais plus qu'une chose, rentrer à la maison. Fuir cette ville abominable. J'aurais été incapable d'affronter une enquête et des interrogatoires. Je voulais me cacher.

— Ce n'était pas ta faute, Rosalie, siffla-t-il entre ses dents serrées.

Si seulement il avait été là pour la défendre, ou la venger… Il aurait volontiers écrasé l'ordure qui avait abusé d'elle.

Maîtrisant à grand-peine la violence de ses réactions, il se tourna vers elle avec une infinie tendresse pour la serrer dans ses bras. Il retint son souffle, s'attendant à ce qu'elle proteste et le repousse. Dieu merci, elle n'en fit rien. Elle avait au moins assez de confiance en lui pour accepter un peu de réconfort.

— Je sais que ce n'était pas ma faute, murmura-t-elle d'une voix étouffée, en enfouissant son visage au creux de son épaule. Mais je n'avais pas la force que j'ai maintenant. J'avais peur.

Il raffermit son étreinte, tout en maudissant intérieurement les accusations irréfléchies qu'il avait portées contre elle. Il aurait vraiment mieux fait de se taire…

— Ensuite, je me suis rendu compte que j'étais enceinte, reprit-elle avec un désespoir comme il n'en avait jamais entendu.

Il la berça comme un petit enfant.

— Tout va bien, Rosalie.

— Maintenant oui, chuchota-t-elle. Mais au début, je ne voulais pas garder le bébé. Je craignais que sa présence ne me rappelle constamment ce qui s'était passé. Heureusement, depuis qu'elle est née, je suis rassurée. Je l'aime tant… Elle fait partie de ma vie et je ne laisserai jamais rien ni personne nous séparer.

Elle se dégagea de son étreinte et il ressentit aussitôt un grand vide.

— Amy est toute ma vie, reprit-elle en levant vers lui

des yeux embués de larmes. Elle suffit à mon bonheur. Mais quand tu m'as proposé… cette aventure, je n'ai pas pu résister. J'étais curieuse de découvrir ce qu'était le désir, la passion… De vivre ce que je n'avais jamais connu.

Il eut soudain l'impression de s'être comporté comme un goujat. Face au traumatisme qu'elle avait vécu, ses manœuvres de séduction paraissaient abominablement mesquines et égocentriques. Il baissa les yeux sur son visage, dénué de toute émotion. Nul regret ni douleur ne s'y reflétait et il en conçut un profond chagrin, comme il n'en avait pas ressenti depuis la mort de son père. Dans sa poitrine comprimée, son cœur semblait sur le point d'exploser.

— J'ai vécu avec toi des instants merveilleux, murmura-t-elle sur un ton curieusement impersonnel. Je t'en remercie, Arik. Mais à présent, il est temps pour moi de retourner à la vie réelle, à mes responsabilités et à ma fille.

Ces paroles irrévocables résonnèrent dans le vide avec le son métallique d'un couperet de métal. Puis elle s'éloigna silencieusement, tel un fantôme.

La porte grinça sur ses gonds. Et Arik resta seul avec sa conscience et le bruit des vagues. Il se faisait l'impression d'être un monstre d'égoïsme. Une vraie brute.

11.

Pour la première fois depuis des années, Rosalie se réveilla tard le lendemain matin, après avoir dormi d'un sommeil de plomb. Il faisait un soleil éclatant et le chant des oiseaux flottait dans l'air pur.

Curieusement, sa confrontation de la veille avec Arik n'avait pas provoqué d'insomnie en ranimant les vieux démons de ses peurs et de ses souffrances. Au contraire, son esprit et son corps, apaisés, lui avaient enfin accordé une nuit de répit. En sombrant dans le sommeil, elle s'était remémoré la sensation réconfortante des bras d'Arik. La chaleur de sa présence et les battements de son cœur sous sa joue avaient suffi pour dissiper les inquiétudes qui, d'habitude, hantaient ses nuits.

Elle se sentait épuisée, mais en paix.

Malheureusement, ce n'était qu'une illusion, songea-t-elle en s'étirant dans la douceur de ce matin ensoleillé. La vérité qu'elle s'efforçait de réduire au silence depuis plusieurs jours recommençait à la tirailler, lancinante.

Elle était tombée amoureuse.

Elle avait cédé à la tentation de cette aventure, au mépris de toute prudence. Et maintenant, elle était amoureuse d'Arik Ben Hassan. Un homme qu'elle connaissait à peine depuis une semaine. Un être fier, arrogant et autoritaire. Un homme habitué au luxe et au raffinement, rompu aux plaisirs des sens. Richissime et insouciant, évoluant dans un univers bien éloigné des dures réalités de sa propre vie.

Cet homme s'était pourtant comporté avec beaucoup de tendresse et de gentillesse à son égard. Il avait su apprivoiser ses craintes et ses appréhensions. L'espace d'un jour et d'une nuit, elle avait eu l'impression d'occuper le centre de son univers. D'éclipser toutes les autres femmes.

Il avait d'indéniables qualités. Milliardaire, il était cependant capable de travailler, par besoin de se dépasser et de se rendre utile. L'oisiveté ne lui convenait pas.

L'intensité de ses sentiments l'étreignit. Envahie par une vague de désespoir, elle enfouit son visage dans l'oreiller.

Elle voulait l'impossible, le conte de fées. Elle voulait qu'il éprouve ne serait-ce qu'une infime partie de ce qu'elle ressentait pour lui.

Mais c'était naturellement totalement illusoire. Elle n'avait été qu'un caprice, une distraction… Il avait trompé l'ennui avec elle pendant la fin de sa convalescence, en attendant le retour à une vie normale. Rien de plus.

Maintenant, il lui en voulait de l'avoir quitté abruptement. Il n'avait pas l'habitude d'être traité avec autant de désinvolture. D'ordinaire, c'était lui qui disait au revoir, au moment où il l'avait décidé. Avec son charme dévastateur, son physique d'athlète et sa richesse, Arik devait gagner à tous les coups, avec les femmes.

C'était par dépit qu'il l'avait rejointe, la veille au soir… Une pointe d'amertume contracta sa gorge à cette pensée. Eh bien, elle aurait au moins satisfait sa curiosité en lui racontant l'épisode le plus sombre de son existence. Il avait eu l'air horrifié.

A présent, il la connaissait pour ce qu'elle était : une femme traumatisée par son passé, qui devait se battre quotidiennement pour donner un sens à sa vie et à celle de sa fille. Et qui ne pouvait pas se permettre le luxe de rêver.

Elle se redressa brutalement en rejetant ses cheveux en arrière. En tout cas, elle était libre. Et indépendante.

Quand son père les avait quittées, toutes les trois, elle n'était encore qu'une enfant. Cet abandon lui avait brisé le cœur et elle s'était repliée sur elle-même, en se réfugiant dans un univers romanesque où tout finissait par s'arranger. Très réservée, introvertie, elle cherchait la consolation dans la création artistique. Malheureusement, quand son agression lui avait arraché cette planche de salut, elle avait failli sombrer complètement. Pendant quelque temps, sa mère avait craint pour sa vie. Et finalement, Amy était arrivée et l'avait sauvée du désespoir.

En devenant mère, Rosalie avait retrouvé une raison de se battre et était sortie de la détresse. Il fallait construire l'avenir. Pour elle et pour Amy.

C'était tout ce dont elle avait besoin : son indépendance et l'amour de sa fille, sa seule famille. En plus, si par miracle elle parvenait à peindre de nouveau, elle aurait tout ce qu'il lui fallait.

Elle rejeta les couvertures en jetant un regard au lit d'Amy. Il était vide. Sans doute était-elle déjà partie aux écuries voir les poulains. De toute façon, elle n'avait pas à s'inquiéter, il y avait toujours quelqu'un pour veiller sur elle.

Néanmoins, elle se leva promptement. Elle se sentirait mieux avec sa fille qui l'empêcherait de trop penser à Arik.

Dieu merci, elle ne le reverrait pas. Il était probablement déjà reparti et ne risquait pas de revenir au palais pendant qu'elle s'y trouvait. C'était beaucoup trop embarrassant.

Mais combien de temps faudrait-il pour que s'estompe son désespoir ?...

*
* *

Le rire joyeux d'Amy résonnait dans l'écurie. Rosalie esquissa un sourire qui mourut aussitôt sur ses lèvres quand elle reconnut la voix masculine qui lui répondait.

Arik ! Aussitôt, son corps la trahit. Elle reconnut avec un frisson les signes avant-coureurs du désir : la sensation de creux au bas du ventre, les picotements sur ses seins…

Que faisait-il ici ? Pourquoi n'était-il pas reparti ? Surtout après ce qu'elle lui avait raconté la veille… La fête donnée en l'honneur de la naissance d'Adham était terminée. Il n'avait aucune raison de s'attarder.

Les jambes flageolantes, le cœur battant, elle s'appuya contre le mur. Elle ne pouvait ni s'enfuir ni dominer son trouble. Arik l'attirait comme un aimant, avec une force magnétique contre laquelle il était vain de lutter.

Raison de plus pour s'en aller d'ici le plus vite possible avec sa fille.

Elle redressa les épaules et releva le menton, décidée à l'affronter une dernière fois dignement. Elle s'approcha d'un air curieux et désinvolte, qu'elle espérait naturel.

— Si je te soulève, il faut me promettre de ne pas crier et de ne pas agiter les bras dans tous les sens, dit Arik. D'accord ?

— D'acc, répondit la petite fille d'une voix tout excitée.

— Très bien. Tends ta main comme ceci. Doucement. Tu ne veux pas lui faire peur, n'est-ce pas ?

— Oh non, assura Amy sur un ton solennel.

Rosalie arriva au bout de l'allée juste à temps pour voir sa fille tenue à bout de bras par Arik devant une énorme jument qui tendait le cou dans sa direction.

— Elle me chatouille !

— C'est parce qu'elle souffle sur ta main, expliqua Arik. Tu veux lui donner à manger ?

— Oui !

— Oui, s'il te plaît, Amy ! corrigea sa mère en s'approchant.

— Oui, *s'il te plaît.*

Rosalie s'immobilisa avec un serrement de cœur douloureux en apercevant sa précieuse enfant dans les bras protecteurs d'Arik. Il la couvait des yeux avec une expression approbatrice et pleine de douceur.

— Eh bien, voilà un morceau de pomme pour Saki, puisque tu le demandes si gentiment, reprit-il. Non, garde ta main bien ouverte, comme ceci. Parfait !

— Encore, s'il te plaît ! lança Amy, ravie.

— Bien sûr.

— Je pourrai monter à cheval comme tante Belle et oncle Rafiq ?

— Quand tu seras assez grande et si ta mère veut bien. Tiens, un autre morceau de pomme.

Tandis qu'Amy se concentrait pour tendre la main sans bouger, Rosalie les rejoignit en plaquant un sourire sur ses lèvres.

— Tu as vu, maman ?

La petite fille se retourna si brusquement que la jument fit un écart. Mais aussitôt Arik présenta son épaule à l'animal pour la protéger.

— Oui, mon cœur, répondit Rosalie. Bravo ! As-tu pensé à remercier Arik ?

— Merci ! lança l'enfant avec un large sourire.

— Tout le plaisir est pour moi, ma chérie.

— Arik s'occupe d'Amy depuis le début de la matinée, expliqua la mère de Rosalie en les rejoignant elle aussi. Il l'a emmenée voir les chiots, puis les paons et maintenant les chevaux.

Amy hocha vigoureusement la tête. Au prix d'un effort surhumain, Rosalie réussit à éviter le regard d'Arik.

— C'est vraiment très gentil à toi…

— Ne me remercie pas. Amy est adorable.

Il dégagea délicatement une boucle blonde enroulée autour d'un bouton de sa chemise. La vue de ses longs doigts rappela à Rosalie le souvenir de ses caresses délicieuses, sur ses cheveux et ses seins… Ou sur son visage, quand il inclinait sa tête pour l'embrasser avec une passion grisante.

Elle se mordit la lèvre pour tenter d'endiguer le flot d'images troublantes qui l'envahissait et tendit les bras à sa fille.

— Viens, Amy. Il est temps de prendre le petit déjeuner.

— Avec Arik ?

Rosalie tressaillit quand Arik l'effleura. Une petite flamme fugace dansait au fond de ses yeux.

— Désolé, Amy, répondit Arik. J'ai promis à Rafiq de monter un de ses chevaux ce matin. Nous prendrons peut-être le petit déjeuner ensemble une autre fois.

— Tu restes ici ? questionna Rosalie avec une brusquerie involontaire.

Il inclina la tête.

— Oui. Rafiq m'a invité à passer quelques jours. J'avais d'abord refusé à cause… d'autres obligations. Mais j'ai changé de programme. Je reste au moins jusqu'à la fin de la semaine.

Il plongea un regard de braise dans le sien. Elle en eut aussitôt la gorge sèche. Puis il tourna les talons abruptement.

— A plus tard !

Une semaine. Une semaine sous le même toit qu'Arik ! Rosalie se raidit pour endiguer un flot d'émotions intempestives et contradictoires. Une certaine excitation se mêlait à la peur et la colère. Mais comment pouvait-elle se réjouir de côtoyer un homme dont la vue lui déchirait le cœur ? C'était stupide et destructeur.

Elle retourna comme un automate vers le palais, en écoutant distraitement les bavardages d'Amy et de sa mère. Mais une inquiétude diffuse l'envahissait. A en juger par l'expression d'Arik, il n'avait nullement l'intention de l'éviter. Réussirait-elle à ne pas trahir ses sentiments ? Qui sait si elle n'allait pas lui tomber dans les bras en implorant un baiser ? Ou quémander une dernière étreinte avant leur séparation définitive ?

— En plus, il est charmant, dit sa mère. Je ne savais pas que tu avais rencontré quelqu'un pendant que tu peignais sur la plage.

Rosalie haussa les épaules.

— Cela ne m'a pas semblé très important, mentit-elle. Et je ne pensais vraiment pas le revoir.

— Quelle bonne surprise, pour vous deux !

Sa mère scruta attentivement son expression. Maggie Winters était une femme très perspicace. Et après l'angoisse de ces dernières années difficiles, elle surveillait sa fille de près. Toute la famille avait observé avec curiosité la scène de la veille. Ils avaient dû en reparler ensuite car, malgré tous ses efforts, Rosalie sentait bien qu'elle n'avait dupé personne. En particulier, elle avait surpris des regards de connivence entre Belle et sa mère. Mais qu'avaient-elles perçu exactement ?

— Oh, je ne le verrai probablement pas beaucoup. Si j'en crois la conversation qu'il a eue avec Rafiq hier soir, il va passer son temps à faire du cheval.

*
* *

Elle se trompait.

Au cours des jours qui suivirent, il lui fut impossible d'éviter Arik. Où qu'elle aille, elle le trouvait sur son chemin. Et comme il faisait quasiment partie de la famille, il partageait tous leurs repas. Ce qui était un véritable supplice car sa mère et sa sœur ne la quittaient pas des yeux.

Le matin, quand elle emmenait Amy aux écuries pour voir les chevaux, il était là. Et tous les matins, il interrompait ce qu'il faisait pour s'occuper un peu de la petite fille. Leur affection croissante serrait le cœur de Rosalie et l'emplissait d'une nostalgie dangereuse. Un jour, lorsqu'il déciderait de se marier, Arik serait un très bon père.

Le soir aussi, il envahissait sa tranquillité. Dès qu'Amy dormait, immanquablement, elle le croisait. Dans la bibliothèque en train de lire les journaux, ou dans la véranda à discuter avec Rafiq, ou encore dans la magnifique piscine bleu azur.

Plus d'une fois, elle était restée dans l'ombre à le regarder plonger ou sortir de l'eau. Elle aurait aimé s'installer avec son carnet d'esquisses et ses fusains pour capturer l'énergie extraordinaire qui émanait de lui. Il la fascinait.

Elle se mit à passer de plus en plus de temps dans sa chambre, ou à jouer avec Amy. Mais quand sa mère commença à lui poser des questions, elle fut bien obligée de réapparaître. Et donc de se retrouver en présence d'Arik, que tout le monde adorait. Même Belle avait un petit penchant pour lui. Il avait été son témoin de mariage. De les voir rire et plaisanter ensemble suffisait à assombrir l'humeur de Rosalie.

Cet accès de jalousie était pourtant tout à fait ridicule, car Belle était follement amoureuse de son mari. Mais Rosalie ne pouvait pas s'empêcher de leur envier leur complicité. Comme elle aurait aimé, elle aussi, se détendre et s'amuser avec Arik… Sans se sentir coupable de désirer l'impossible.

Mais, malgré toute la force de sa volonté, elle ne parvenait pas à réprimer ses folles espérances.

Le pire, c'est que sa famille ne jurait que par lui. On le parait de toutes les qualités : courtois, aimable, attentif, il avait la conversation agréable tout en sachant écouter. Bref, il était parfait ! Belle louait sans cesse sa force de caractère et ne tarissait pas sur ses talents d'homme d'affaires. Grâce à des investissements judicieux, il avait développé des projets très intéressants en matière d'énergies alternatives. Q'aroum lui devait beaucoup.

Qu'aurait dit sa sœur si elle avait su ! Rosalie n'en pouvait plus d'écouter son éloge.

D'ailleurs, elle n'était pas en désaccord avec ce concert de louanges. Oui, Arik était un être hors du commun. C'était justement là le problème. Elle n'avait pas besoin qu'on lui rappelle, jour après jour, les qualités d'un homme qui demeurerait à jamais inaccessible.

Les repas, surtout, la mettaient au supplice, car sa présence enflammait littéralement ses sens. Elle avait beau se répéter que tout était irrémédiablement terminé entre eux, son corps réagissait en traître. A un regard, une odeur, une intonation…

Cela l'effrayait et la mettait en rage en même temps. Parviendrait-elle un jour à dominer ses sentiments ? Elle était éperdument amoureuse. Quelle solution y avait-il à cela ?

Si seulement elle avait pu s'enfuir… Mais elle était obligée de rester là, à faire semblant de passer de bonnes vacances alors qu'elle souffrait le martyre.

Et lui, que ressentait-il ? Que cachait ce masque impénétrable qu'il arborait depuis le début de la semaine ? Etait-il toujours en colère ? Ou éprouvait-il de la pitié après avoir écouté sa terrible histoire d'innocence perdue ? Cette pensée la blessait dans son ego.

De toute manière, cela n'avait pas grande importance. Son avenir était tout tracé. Elle retournerait bientôt chez elle, en Australie, pour renouer les fils de son existence. Il fallait s'interdire de rêver à l'impossible.

12.

Rosalie se glissa sans bruit hors de la chambre. Elle ne voulait pas risquer de réveiller Amy dont elle venait de confier la garde aux soins d'une domestique. Très excitée de voir sa maman en robe du soir, la petite fille avait mis des heures à s'endormir.

Elle lissa le tissu satiné sur ses hanches. C'est Belle qui lui avait offert cette somptueuse toilette, au corsage près du corps, délicatement brodé le long du décolleté, et à la jupe longue, évasée en corolle, très féminine. Elle n'aurait jamais choisi une robe aussi luxueuse, mais qui convenait parfaitement pour l'occasion de ce soir.

Voilà une chose qu'elle n'enviait pas du tout à sa sœur, cette succession de fêtes et de cérémonies. Belle avait beaucoup de chance d'avoir un mari qui l'aimait, un bébé adorable et une vie de conte de fées dans un palais de rêve, mais les obligations mondaines pesaient lourdement dans sa vie. C'était la deuxième réception officielle de la semaine…

Se sachant en retard, elle pressa le pas, un peu instable sur ses talons aiguilles. Bizarrement, il n'y avait pas de lumière et le couloir était plongé dans l'obscurité. En tournant à gauche, elle bouscula quelqu'un, qui la rattrapa par le bras pour l'empêcher de tomber. Arik. Même sans le voir, elle le reconnut aussitôt, avec un tremblement violent, incontrôlable.

— Tu peux me lâcher, souffla-t-elle d'une voix mal assurée, en reculant d'un pas.

Puis, pour meubler leur silence embarrassé, elle ajouta :

— Il n'y a pas de lumière ?

— C'est justement pour cela que je suis venu à ta rencontre. Il y a eu un court-circuit dans cette partie du palais. Les ouvriers n'ont pas encore identifié la panne.

Son cœur battait la chamade. C'était la première fois qu'ils se retrouvaient seuls depuis le soir où elle lui avait livré les secrets de son passé. Y pensait-il, lui aussi ? En tout cas, elle ne voulait pas de sa pitié !

Elle se raidit et recommença à marcher. Ses yeux s'habituaient à la pénombre et la clarté laiteuse de la lune filtrait à travers les fenêtres hautes. Arik lui emboîta le pas et elle tressaillit quand il la prit par le coude.

— Attention, Rosalie. Tiens-moi le bras pour ne pas tomber.

— Mais j'y vois assez !

Elle essaya de se dégager. En vain. Non seulement il refusa de la lâcher, mais elle se sentit envahie, malgré elle, par sa chaleur et son odeur.

— Tu es plus en sécurité avec moi.

— Je peux tout de même marcher toute seule !

Il ralentit le pas.

— Mon contact t'insupporte donc tant ? C'est pour cela que tu m'évites constamment ?

Il parlait avec une intonation sèche, coupante, sous laquelle elle crut percevoir une pointe de colère.

— Je ne t'évite pas, je…

— Ne mens pas, Rosalie. De toute façon, tu ne sais pas mentir.

Elle ne distinguait pas clairement son expression. Que lui voulait-il ? N'était-il pas soulagé qu'elle le laisse tranquille ? S'il avait su ce que cette façade d'indifférence lui coûtait…

— Lâche-moi, s'il te plaît, répéta-t-elle, le plus calmement possible.

Mais pour toute réponse, il raffermit son étreinte.

— Je préfère profiter de l'occasion pour te parler seul à seule. Le reste du temps, il suffit que je m'approche de toi pour que tu te sauves. Tu trouves toujours une excuse pour t'échapper.

— Nous n'avons rien à discuter. Tout est fini entre nous, siffla-t-elle en cherchant à mettre un peu de distance entre eux.

— Rien à discuter ? Vraiment ? lança-t-il narquoisement.

La tirant brusquement de côté, il ouvrit une porte et la poussa dans une pièce obscure.

— Qu'est-ce que tu fais ? protesta-t-elle à bout de nerfs.

— Je veux être sûr de ne pas être dérangé.

Elle secoua la tête avec une véhémence désespérée.

— Non ! Belle et Rafiq nous attendent. Dépêchons-nous.

— Personne ne s'apercevra de notre absence. Et il est grand temps de tirer les choses au clair.

— Il n'y a rien à régler. Nous avons eu une brève aventure. Maintenant, c'est fini et nos chemins se séparent. Voilà tout.

Elle buta sur l'arrière d'un canapé tandis qu'il continuait à avancer, inexorablement.

— Tu n'es pas assez naïve pour croire cela, Rosalie, murmura-t-il de sa voix irrésistible de séducteur.

— C'est pourtant la vérité !

*
* *

La vérité.

Qu'était donc la vérité entre cette femme et lui ?

Elle était le feu ardent qui coulait dans ses veines. Le désir qu'il éprouvait pour elle le tourmentait sans répit et, en dépit de tous ses efforts, il ne parvenait pas à la chasser de son esprit. Plus il essayait de se convaincre des interdits qui se dressaient en travers de son chemin, et plus, paradoxalement, il avait besoin d'elle et de sa présence. C'était une nécessité physique. Il avait besoin de la toucher, de la réconforter, de la protéger. Il avait l'impression de subir dans sa chair toutes les souffrances qu'elle avait endurées, comme s'il avait lui-même absorbé son angoisse. Il ressentait au plus profond de lui, jusque dans la moelle de ses os, la douleur odieuse que ses propres mots lui avaient inutilement infligée l'autre soir.

Qu'est-ce que cela signifiait ?

Malgré toute son expérience des femmes, il ne comprenait rien à ce qui lui arrivait. Il était comme un satellite sur orbite, incapable de s'arracher à une force d'attraction qui le retenait captif et contre laquelle il s'épuisait à lutter.

Cela ne pouvait plus durer. Il fallait trouver une issue à la situation. Couper définitivement les liens invisibles qui l'attachaient à elle pour recouvrer une pleine et entière liberté.

— Nous devons absolument parler, Rosalie.

Le clair de lune jetait une lueur irréelle sur ses cheveux. Quand elle secoua la tête, une pluie d'argent ruissela sur ses épaules. Arik résista à l'envie d'enfouir les doigts dans ses boucles soyeuses. Il devait garder la tête froide.

Comme toujours, elle chercha à s'esquiver. Elle avait déjà la main sur la poignée de la porte quand il s'en rendit compte.

— Non !

Il se précipita pour la rattraper.

— Laisse-moi, Arik. Je veux m'en aller.

Elle tremblait tellement qu'il faillit céder. Mais, presque aussitôt, il se ressaisit.

— Je veux seulement parler avec toi, Rosalie. C'est tout.

Elle lui fit face, avec une dureté et une agressivité qui le stupéfièrent.

— Tu n'as donc pas entendu ? Il n'y a strictement rien à discuter. Il n'y a plus rien entre nous, Arik. C'est fini.

Elle ne cherchait qu'à se protéger, songea-t-il fugitivement. Cependant, au fond de lui, la fureur l'emporta.

Fini ! Elle plaisantait !

Toute la semaine, il s'était efforcé de s'en convaincre. En pure perte. Quelque chose le retenait et l'empêchait de se détacher comme le lui dictait son devoir.

Il effleura sa joue d'une caresse et elle poussa un petit soupir, à peine audible, avant de pincer les lèvres résolument. Prenant alors son visage entre ses mains, il se demanda comment il avait pu résister tout au long de cette interminable semaine.

— Rien n'est fini, Rosalie. Tu le sens bien.

Après une infime hésitation, elle se dégagea vivement.

— C'est ton ego qui parle, Arik. Tu ne peux pas t'y résoudre parce que c'est moi qui ai pris la décision et qui te l'ai imposée.

Naguère, cela aurait été le cas. Il n'aurait pas supporté qu'une femme le quitte. Mais cette fois-ci, il ne s'agissait pas de cela. Sa respiration s'accéléra tandis qu'une explosion d'émotion brute l'ébranlait tout entier. Brutalement, ses bonnes intentions et sa prudence volèrent en éclats.

— Ainsi, il n'y a rien entre nous, articula-t-il d'une voix mauvaise, qu'il ne reconnaissait pas lui-même.

Un instinct possessif, d'une rare violence, s'empara de lui. Durement, il prit ses poignets dans une main et les immobilisa contre le mur, au-dessus de sa tête. Puis, il posa son autre main sur sa joue, avec le pouce sur ses lèvres.

L'air se chargea d'électricité. Il avait l'impression de s'embraser à son contact. Il s'apprêtait de nouveau à la traiter de menteuse, quand, brusquement, il s'immobilisa. Elle avait entrouvert la bouche pour embrasser son pouce, effrontément, avec un mélange d'avidité et de séduction.

Il réprima une sorte de grognement sourd. Cette caresse déclencha aussitôt en lui un désir fulgurant et il écarta instinctivement les jambes pour raffermir son équilibre chancelant. Leurs regards se cherchèrent dans la pénombre. Elle ouvrait des yeux immenses, implorants. Elle capitulait.

Il avait dû la lâcher sans s'en rendre compte car ses doigts remontaient maintenant le long de son bras, jusqu'à son cou et sa nuque. Ses mouvements étaient saccadés, comme si une part d'elle-même continuait à son insu à livrer bataille... Il posa les mains sur la douceur palpitante de ses seins et un sourire crispé étira ses lèvres lorsqu'elle se lova contre lui, dans un élan irrépressible.

— Ton désir pour moi n'est pas mort, murmura-t-il d'une voix rauque. N'est-ce pas, Rosalie ?

Elle ferma les paupières en s'abandonnant à la pression de ses caresses et il se pencha pour enfouir son visage au creux de son cou, s'enivrer de son odeur.

— Non, chuchota-t-elle en frissonnant.

— Dis-le, Rosalie.

Il avait besoin de l'entendre. Lentement, sa bouche descendit vers la bordure de son décolleté et elle l'enlaça par le cou, incapable de résister.

— Oui, Arik. J'éprouve toujours du désir pour toi.

Elle prononça cet aveu comme un sanglot désespéré qui le poussa aussitôt à l'acte. Il releva sa jupe longue pour presser contre ses hanches la force de son désir mâle. Mais naturellement, ce ne fut pas assez. La respiration haletante, il défit la boucle de sa ceinture de pantalon.

Elle ne demeurait pas passive. Elle se mit à déboutonner sa chemise, en arrachant presque les boutons pour sentir plus vite sous ses paumes la chaleur de sa peau nue.

Arik déchira d'un coup sec la barrière de dentelle qui lui défendait l'entrée du paradis et se perdit dans les délices de sa chair moite. Instantanément, elle se tendit comme un arc, avec un petit cri de plaisir.

Ils n'avaient pas le temps de se répandre en paroles ou en raffinements. Il se laissait seulement porter par son instinct. Il fallait qu'il assouvisse son désir et qu'il proclame cette femme comme sienne. Sur-le-champ. Irrévocablement. Complètement.

— S'il te plaît, Arik.

Elle l'attira vers elle, toujours plus près.

Il referma les mains autour de sa taille, avec la vague conscience d'une satisfaction intense. Elle se logeait juste dans l'étreinte de ses doigts… Tout en la maintenant appuyée contre la porte, il la souleva. Machinalement, elle referma les jambes autour de ses reins et enfouit les doigts dans les cheveux de sa nuque.

Il s'enfonça en elle d'un seul coup, en retenant son souffle. Il voulait à tout prix se contenir, ralentir…

— Oui !

La petite exclamation de Rosalie acheva de lui faire perdre le contrôle de ses émotions. Il n'écouta plus que la force et la violence de son désir.

Il déversa à son oreille un flot de paroles ininterrompu. Pour lui expliquer tout ce qu'il ressentait et ce qui allait advenir. Puis, tout d'un coup, les mots arabes s'espacèrent, tandis que leurs deux corps conjuguaient leurs efforts pour s'accorder. Un même rythme, urgent et frénétique, les gagna et la porte se mit à vibrer de ce martèlement sourd.

Elle se frottait, s'arc-boutait contre lui sans plus aucune retenue, jusqu'à ce qu'enfin tout échappe à son contrôle, dans une extase indicible. La fin du monde aurait pu se produire là, en ce moment, qu'Arik n'y aurait pas prêté la moindre attention. Tout ce qu'il avait de plus précieux était là, entre ses bras. Le reste de l'univers n'avait plus d'intérêt.

Quand l'essence de son être se répandit en elle, il se sentit enfin en paix. L'ordre des choses s'était accompli.

Il demeura quelques instants à la tenir serrée contre son torse, pendant que les derniers tremblements s'estompaient. Il avait du mal à respirer, l'oxygène lui manquait. Pourtant, il ne voulait plus la lâcher. Jamais.

Mais bien trop vite ses mains le repoussèrent. Elle dénoua ses jambes pour se laisser glisser jusqu'au sol. Ses paupières baissées dissimulaient son expression mais sa respiration précipitée et les frissons qui la secouaient encore trahissaient son émoi.

Il esquissa un sourire. La proximité de ce corps délectable recélait des promesses de bonheur infinies… Il la lâcha. Mieux valait ne pas garder les mains sur elle pendant qu'ils se parlaient. Il ne faisait pas confiance à sa libido impétueuse. Cette femme excitait son appétit à un point assez inimaginable…

Il remettait de l'ordre dans ses vêtements en essayant de retrouver une allure présentable et respectable quand un bruit lui glaça le sang. Le grincement de la porte qui s'ouvrait ne masqua pas complètement le sanglot angoissé qui s'échappa de la poitrine de Rosalie. Et son désespoir lui comprima affreusement le cœur.

— Rosalie…

Mais déjà elle s'enfuyait en courant dans le couloir. En trébuchant sur les chaussures qu'elle avait abandonnées sur le seuil, il perdit toute chance de la rattraper.

De toute façon, elle souffrait tellement qu'il n'aurait pas eu l'audace d'insister. Sa douleur l'arrêta aussi sûrement que l'aurait fait un coup de poignard dans le cœur.

Qu'avait-il fait ! Comment avait-il pu lui infliger pareille violence, alors qu'il connaissait la tragédie qui l'avait traumatisée ? Il s'était comporté comme un monstre d'égoïsme, obsédé par l'assouvissement de ses pulsions.

Il savait pourtant qu'un viol avait ravagé son existence. Il s'était juré de garder ses distances quand il s'expliquerait avec elle. Pourquoi s'était-il comporté aussi brutalement, sans raison ? Il n'avait pas montré une once de gentillesse ou de douceur. Il l'avait prise sans ménagement, avec une sauvagerie honteuse. Jamais auparavant il n'avait connu une entente sexuelle aussi intense, parfaite. Pourquoi avait-il tout gâché ? Pourquoi n'avait-il pas eu la patience d'attendre pour lui en parler ?

Il devint écarlate en se rappelant les coups qui avaient résonné contre la porte. Une passion aveugle l'avait submergé. Dès le premier instant, lorsqu'il l'avait croisée dans le couloir, elle n'avait eu qu'une envie, lui fausser compagnie. Après ce qu'il venait de lui faire, il n'allait pas la harceler. Elle méritait de rester un peu tranquille…

Machinalement, il finit de reboutonner sa chemise. Puis, en se penchant pour ranger les chaussures de Rosalie sur le côté, il aperçut un petit chiffon de dentelle. Sa culotte, à moitié déchirée… Il la fourra dans sa poche en réprimant une grimace de dégoût à l'égard de lui-même.

Comment pourrait-il jamais racheter sa conduite ? Comment pourrait-il jamais se faire pardonner ?

*
* *

Un quart d'heure plus tard, en regagnant l'immense salle de réception, Arik était encore assommé par sa culpabilité et l'énormité de ce qu'il venait de commettre. Il n'était plus qu'une masse informe de honte et d'émotion à vif. Une seule pensée l'obsédait : il avait infligé à Rosalie un outrage impardonnable.

Il traversa la salle à grandes enjambées en cherchant Rafiq du regard. Il voulait s'excuser. Il avait besoin de solitude pour réfléchir.

Tout à coup, il s'immobilisa en reconnaissant la femme dont il avait surpris les médisances dans les mêmes lieux une semaine plus tôt. Averti par une sorte de sixième sens, il tendit l'oreille avec une désagréable sensation de déjà-vu.

— Une vie dissolue… Elle nuirait à la réputation et à l'honneur de la famille royale…

L'audace de ces commérages le consterna. Comment osait-on parler ainsi de Rosalie, ici même, à l'intérieur du palais ? La dernière fois, il avait réagi sans réfléchir. Les mots étaient sortis tout seuls. Mais là, tandis que les sous-entendus perfides s'insinuaient dans son esprit, une pensée émergea soudain, balayant d'un coup la culpabilité qui le tourmentait. Et l'emplissant en même temps d'une certitude absolue, intime, avec une intense satisfaction. Il en sourit presque de soulagement.

Les mains sur les hanches, il se planta dans une posture arrogante en travers du chemin de la commère qui continuait à pérorer. Elle l'aperçut trop tard et se figea en blêmissant, la mâchoire pendante. Rafiq arrivait en face et Arik eut l'impression très vive de vivre un instant décisif. D'une voix sonore, il lança sur un ton d'avertissement :

— Vous, je vous conseille de tenir votre langue, sinon il vous en cuira. Personne n'a le droit de critiquer la femme que j'ai l'intention d'épouser.

13.

La mine sombre, Rafiq scruta attentivement l'expression de son cousin.

— Je n'ai pas encore pris ma décision, déclara-t-il.

Rosalie faisait partie de sa famille. Il était de son devoir de la protéger et de veiller sur son avenir. Or, Arik l'avait séduite et compromis sa réputation.

— Je te connais trop bien, reprit-il. En tout cas, une nuit de réflexion ne t'a pas fait changer d'avis ?

Arik secoua la tête.

— Elle est aussi têtue que sa sœur, tu le sais ? Et terriblement indépendante.

— Je sais.

Aucun des deux n'osait envisager une autre éventualité. Qui sait si Rosalie Winters ne vouait pas désormais une haine inextinguible à Arik, après ce qu'il lui avait fait ?

— Je t'accorde un quart d'heure. Mais je ne te promets pas davantage. Belle n'acceptera pas de laisser sa sœur plus longtemps avec toi.

Arik hocha la tête. Ses chances de succès étaient minces. Mais il était bien obligé de s'en contenter.

Un bruit de voix les interrompit. La famille de Rafiq sortait du palais et traversait la pelouse. Belle portait le petit Adham tandis qu'Amy sautillait devant, et Rosalie, l'air pâle et fatiguée, se tenait entre sa sœur et sa mère, comme pour se protéger.

A la vue de ses cernes et de ses épaules voûtées, le cœur d'Arik se serra. Il se sentait déchiré par la culpabilité et le remords.

Amy les aperçut la première et se précipita à leur rencontre.

— Oncle Rafi ! Arik !

Rafiq donna une tape sur l'épaule de son cousin avant de rejoindre sa famille. Belle prit Rosalie par le cou, comme pour la défendre, mais Maggie Winters s'interposa entre ses deux filles avant de s'adresser à Rafiq.

Arik fronça les sourcils. Que signifiait ce geste ?

Il s'assombrit en voyant l'expression angoissée des grands yeux gris-vert de Rosalie. Comment avait-il pu lui faire du mal ?

Rosalie s'immobilisa à la vue d'Arik, nimbé de lumière dans le soleil. Debout à l'entrée des écuries, il la regardait. En dépit de tout, malgré une nuit d'insomnie passée à le maudire, elle ne put empêcher son corps de réagir traîtreusement à sa vue.

Peu importait si son intérêt était seulement sexuel… Tant pis s'il se comportait comme un barbare ! Ne partageait-elle pas les mêmes pulsions primitives ? Elle aussi s'était comportée d'une façon éhontée, la veille au soir. Une simple caresse sur sa joue avait suffi à déchaîner une passion sans frein. Après tout, elle s'était offerte à lui sans vergogne ni retenue, contre une porte !

Ce n'est qu'après, mais trop tard, qu'elle avait pris conscience de l'indignité de sa conduite. Quel manque de respect envers soi-même ! S'abaisser ainsi pour une étreinte furtive, debout dans le noir…

Le rouge aux joues, elle baissa les yeux. Pourtant, il était inutile de se voiler la face. En dépit de tout, c'était bien de l'excitation sexuelle qu'elle ressentait. Elle se mordit nerveusement la lèvre. Quand apprendrait-elle à maîtriser ces émotions primaires ? Ce désir déplacé pour un homme qui n'avait pas besoin d'elle ?

En relevant le menton, elle eut un coup au cœur. Sa fille, ce qu'elle avait de plus précieux au monde, était en train de se jeter dans les bras d'Arik, l'homme qu'elle devait fuir à n'importe quel prix ! Celui qui possédait son cœur sans même le savoir.

La vue de ces deux êtres l'emplit d'une nostalgie douloureuse et ironique. Il y avait un tel gouffre entre ses rêves et la réalité… Jamais son amour ne serait payé de retour. Jamais Arik ne considérerait Amy comme sa propre fille.

— Tu devrais aller voir les chiots avec Amy, lui glissa sa mère. C'est son petit rituel du matin. Tu nous rejoindras après, pour le petit déjeuner en plein air que Rafiq a organisé.

Rosalie jeta un coup d'œil en direction de la marquise dressée pour l'occasion et poussa un soupir. De toute façon, tôt ou tard, il lui faudrait affronter Arik. Alors, autant le faire en présence d'Amy.

Elle s'approcha d'une démarche un peu raide, et le regard fixé sur sa fille.

— Tu veux aller voir les petits chiens, mon cœur ?

— Oui-oui.

Amy se laissa glisser à terre. Mais, à son grand désarroi, elle les prit chacun par la main. Après une brève hésitation, Arik se laissa faire et elle ne put s'empêcher de songer tristement à la fausse image qu'ils formaient tous les trois : une vraie petite famille.

Les larmes aux yeux, elle tâcha de se secouer. Le sentimentalisme et la mièvrerie ne lui ressemblaient pourtant pas ! Après des années de lutte et de courage, elle n'allait pas s'apitoyer sur son sort.

Réprimant le sanglot qui lui nouait la gorge, elle figea un sourire sur ses lèvres.

— Nous ne resterons pas longtemps, Amy, aujourd'hui. Tout le monde nous attend pour le petit déjeuner.

— Oui, maman.

Mais l'attention d'Amy était déjà ailleurs. Agenouillée dans la paille d'un box, elle caressait les petites boules de fourrure qui jappaient doucement.

Arik en profita aussitôt.

— Rosalie. Je veux te dire…

— Il n'y a rien à dire, le coupa-t-elle en se hérissant malgré elle.

— Tu as tort, *habibi*…

— Ne m'appelle pas comme cela !

Il n'avait pas le droit d'employer ces mots tendres s'ils ne signifiaient rien pour lui.

Pour toute réponse, il lui prit la main et la serra dans la sienne. Elle essaya de se dégager. Vainement.

— Eh bien, qu'as-tu à me dire ? lança-t-elle avec colère.

— Hier soir…

— Je préfère ne pas évoquer l'incident.

— Hier soir, reprit-il d'une voix tendue, curieusement dénuée d'émotion, j'ai surpris une conversation désagréable. A ton sujet.

Elle le regarda sans comprendre.

— Des médisances sur toi mais aussi sur Amy, qui n'a pas de papa.

Un mélange d'indignation et d'incrédulité s'empara de Rosalie. Comment osait-il ? Elle n'en croyait pas ses oreilles !

— Cela ne regarde personne d'autre que moi ! lança-t-elle, outrée.

— Je crains que cela ne soit plus tout à fait le cas.

— Pourquoi ?

Elle sentait les cheveux se dresser sur sa nuque. Arik paraissait tout à coup très gêné et solennel. Il se passait quelque chose.

— J'ai annoncé mon intention de t'épouser.

La main d'Arik la soutint tandis qu'elle chancelait sur ses jambes. Toutes sortes de pensées se mirent à tourbillonner dans sa tête. C'était impossible. Invraisemblable.

— Tu n'avais pas le droit.

Elle scruta ses traits, aussi impénétrables qu'à l'ordinaire. Son visage arrogant paraissait taillé dans le roc et ses yeux brillaient avec la dureté de l'obsidienne.

— Il était de mon devoir de protéger ta réputation.

— Ton *devoir* ! répéta-t-elle, si fort qu'Amy se retourna.

Pour qui la prenait-il ? Une femme faible et sans défense ?

— Tu n'as aucun devoir envers moi, chuchota-t-elle. Je peux me défendre toute seule.

— Et si j'ai envie de t'aider ?

Elle secoua la tête.

— Ne sois pas ridicule. C'est absurde. Je ne suis rien pour toi.

— Tu n'arrêtes pas de dire cela, répliqua-t-il d'un air blessé. Et pourtant, j'ai l'intention de t'épouser.

De nouveau, elle flageola sur ses jambes.

— Ce n'est pas drôle.

— Non, Rosalie. Ce n'est pas drôle.

Il pencha la tête de côté.

— Cela t'est égal, ce que les gens racontent sur toi ? Et sur Amy ?

— Non. Mais je ne vais pas pour autant me résigner à un mariage ridicule dans le seul but de faire taire les ragots.

— Tu trouverais ridicule la perspective de te marier avec moi ?

Elle ne parvenait pas à identifier son intonation, et une boule de détresse lui nouait l'estomac.

— Je…

Elle s'interrompit, sans rien trouver à dire.

— Ton statut d'épouse du cheikh te placerait au-dessus de tout soupçon. Tu serais respectée. Vénérée, même.

Pourquoi lui parlait-il comme si c'était possible, envisageable ? Elle et lui. Mariés. Mari et femme. Elle ferma les yeux pour refouler les larmes qui menaçaient de couler. Même confrontée à l'invraisemblable, elle n'arrivait pas à oublier l'absurde secret de son amour.

— C'est purement hypothétique, murmura-t-elle d'une voix brisée. Cela ne risque pas d'arriver.

Il insista sur un ton résolu.

— Rosalie, je veux vraiment t'épouser.

A quoi s'amusait-il ? Cela n'avait aucun sens. Il n'avait pas le droit de jouer avec ses sentiments.

— Ne me mens pas, Arik. De toute façon, je n'attache pas beaucoup d'importance aux ragots. Je n'en mourrai pas.

Les traits d'Arik se firent encore plus sévères.

— Tu ne pourrais pas être heureuse ici avec moi ? A Q'aroum ?

Elle serra les poings. La tentation était trop forte. Evidemment, elle serait au septième ciel… Mais à la condition que son amour soit réciproque, ce qui était du domaine du rêve.

— Le mariage est hors de question. Il aurait mieux valu que tu te taises, hier soir.

Il s'était mis dans une position fâcheuse, en annonçant une fausse nouvelle… Sa réputation allait en pâtir.

— Tu ne veux pas te marier avec moi ?

Rosalie se mordit la langue jusqu'au sang et baissa la tête, incapable de soutenir son regard.

— Arrête, je t'en prie… Ne…

— Rosalie ? *Habibi.*

Il la prit dans ses bras pour la serrer contre lui.

— De toute manière, je repars bientôt pour l'Australie.

— Eh bien je te suivrai.

Elle releva la tête. Jamais elle ne l'avait vu aussi sombre.

— Je ne comprends pas.

— Tu devrais pourtant commencer à me connaître. Je ne suis pas du genre à abandonner facilement. C'est toi que je veux, Rosalie. Et je ne capitulerai pas.

— Mais pourquoi ?

Pour la première fois, une émotion dansa au fond des yeux d'Arik.

— Je suis à bout de résistance. Je ne peux plus continuer ainsi. Je t'aime, Rosalie Winters. Je te veux pour femme. Je veux vivre avec toi jusqu'à la fin de mes jours.

Elle le regarda fixement, l'air hagard.

— Tu n'as pas besoin d'être galant.

— Galant ? Justement, à ma grande honte, je ne l'ai pas été du tout. Je me suis montré affreusement égoïste, esclave de mon désir.

Tout en lui caressant le dos, il poursuivit :

— J'ai été stupide. Dire que je croyais savoir ce que je voulais, au début…

Il se mit à l'embrasser au creux du cou et elle sentit aussitôt la tête lui tourner.

— Tu m'aimes ? réussit-elle enfin à articuler.

— Je t'adore, Rosalie. Tout me plaît en toi, ta passion, ta beauté, mais aussi ton esprit, ta force de caractère incroyable, ton honnêteté…

Il se recula juste assez pour la regarder au fond des yeux.

— Je n'ai jamais rencontré de femme comme toi. Douce, patiente, intelligente, mais solide et déterminée en même temps. Je voulais te séduire, mais c'est toi qui m'as séduit. Et je n'ai pas réussi à me détacher de toi. Même quand j'ai découvert qui tu étais. Mon sens de l'honneur me commandait de tourner la page, mais je n'y arrivais pas.

Une petite flamme commença à réchauffer le cœur de Rosalie, timidement.

— Ce que j'éprouve pour toi ne m'est pas dicté par le devoir ou l'honneur. Cela n'a rien à voir avec les convenances.

Cette fois-ci, son cœur bondit dans sa poitrine.

— Tu n'avais pourtant pas l'intention de te marier.

— Jusque-là, non. Mais j'ai changé. Ma rencontre avec toi a bouleversé mon existence.

Elle se sentit fondre dans ses bras tandis qu'il poursuivait, de sa belle voix grave qui la bouleversait :

— Au début, je voulais juste une aventure. Je croyais savoir exactement comment les choses se passeraient. Comme je me trompais ! Avec toi, j'ai appris l'existence d'un plaisir infiniment plus fort et plus profond que le seul plaisir sexuel. Tu m'as ouvert le chemin de l'amour.

La pression de ses mains sur son corps eut raison de ses dernières résistances. Pourtant, elle se fit l'avocat du diable.

— C'est juste l'attrait de la nouveauté. Parce que je suis différente des autres… Mais cela te passera…

Il resserra son étreinte au point de lui faire presque mal.

— Es-tu meurtrie à ce point ? Manques-tu tellement de confiance en toi ?

Elle secoua la tête, sans encore oser croire tout à fait aux révélations fracassantes d'Arik.

— Tu me connais à peine…

Cela ne l'avait pas empêchée de tomber follement amoureuse, elle…

— Je te connais suffisamment pour vouloir passer le reste de mes jours avec toi.

Quel espoir merveilleux !

— Mais si c'est trop tôt pour toi, ma chérie, je suis prêt à t'accorder un peu de temps.

Il appuya sa joue contre elle, à l'endroit où son cœur battait. Les jambes chancelantes, rouge d'émotion, elle se raccrocha à ses épaules. C'était le paradis.

— Tu as des raisons de te méfier, continua-t-il. On t'a maltraitée, par le passé. En plus, je me suis comporté comme un goujat. J'ai ravivé tes blessures en perdant stupidement le contrôle de moi-même. Je comprends parfaitement tes hésitations. Accorde-nous au moins un peu de temps, Rosalie. Tu te rendras compte que je peux être beaucoup plus qu'un amant. Un mari attentionné. Et un bon père pour Amy.

Amy… Immédiatement, elle en eut les larmes aux yeux. Dans un pays et une culture où les traditions et la famille pesaient si lourdement, le comportement d'Arik dénotait une liberté d'esprit étonnante. Etait-il vraiment prêt à assumer des responsabilités auprès d'une petite fille dont il n'était pas le père ?

— Tu accepterais de jouer ce rôle ? demanda-t-elle en tremblant.

— Bien sûr. Elle fait partie de toi. Et elle est si belle, si vive et attachante… Rosalie ! Qu'y a-t-il ? Ne pleure pas, ma petite rose.

Blottie contre lui dans le refuge de son étreinte, Rosalie comprit tout à coup que ce qui lui arrivait était bien réel. L'amour qu'Arik lui offrait dépassait tout ce qu'elle avait jamais imaginé… Le cœur débordant de joie, elle se hissa sur la pointe des pieds et attira son visage vers le sien pour déposer un baiser sur ses lèvres.

Ils s'embrassèrent avec une passion ardente, dévorante, et en y mettant toute leur âme. Un désir fou les soudait l'un à l'autre, avec la force d'un volcan au bord de l'explosion. Quand elle moula son corps contre le sien, il émit un gémissement rauque.

— Non, Rosalie. Pas ici. Pas maintenant.

— Je t'aime, Arik, chuchota-t-elle d'une voix mal assurée.

Il lui prit le menton entre le pouce et l'index et scruta attentivement l'expression de ses yeux verts.

— Qu'est-ce que tu as dit ?

Elle lui sourit de bonheur à travers ses larmes.

— Je t'aime. Je t'ai aimé tout de suite, tu ne t'en es pas rendu compte ? C'est pour cela que je me suis enfuie. Je ne supportais pas l'idée que…

— Chut, ne le dis pas. Ne me rappelle pas combien je me suis montré superficiel.

Puis, presque aussitôt, sa nature sensuelle reprit le dessus et il se mit à la caresser lentement, avec des yeux brillant de désir.

— Tu vas te marier avec moi, Rosalie, n'est-ce pas ? Dis-le-moi.

— Tu es le seul homme au monde que je puisse épouser, Arik. Je t'aime tant !

Le reste de ses paroles mourut sur ses lèvres, étouffé par un baiser fou.

— Maman !

Amy tira sa mère par le pantalon et, instantanément,

Arik la lâcha en reculant d'un pas. Ils se regardèrent avec une expression abasourdie, interloqués d'avoir pu oublier si facilement la réalité et la présence de l'enfant.

— Pourquoi tu embrasses Arik, maman ?

Rosalie prit sa fille dans ses bras. Il restait encore un obstacle à franchir…

— Parce que je l'aime, ma chérie. Et qu'il m'aime aussi.

En retenant son souffle, elle ajouta :

— Il veut être ton papa, Amy. Il veut que nous vivions avec lui.

— Vraiment ?

Quand Amy se tourna vers Arik pour le considérer avec ses grands yeux, un frisson de peur s'empara de Rosalie. Que ferait-elle, si l'enfant s'opposait contre cette perspective ?

— Oui, vraiment, répondit Arik. Cela me plairait que tu sois ma fille. Nous formerions une famille.

— Et Grandma ?

— Ta grand-mère aussi.

— Et tante Belle et oncle Rafiq ?

— Ils font déjà partie de ma famille, Amy.

— Bon. J'aime bien cette famille. Et je t'aime bien aussi, Arik.

Elle lui envoya un baiser avant d'ajouter :

— On va déjeuner, maintenant ? J'ai faim.

Rosalie réprima un accès de rire devant l'expression médusée d'Arik.

— Va devant, ma chérie. Nous te rejoignons dans une minute.

Elle la regarda s'éloigner avec attendrissement.

— Il ne nous manquait que son approbation pour sceller notre promesse, murmura-t-il.

— Il reste encore ta famille.

Il secoua la tête.

— Ma mère est rentrée de Paris et a hâte de faire ta connaissance. Ton tableau lui plaît énormément. Elle qui rêve depuis si longtemps de me caser pense que je fais enfin preuve de goût en choisissant une artiste.

— C'est vrai ?

— Je t'assure.

Ses doigts glissèrent le long de son cou, jusqu'à l'endroit où son pouls battait, éveillant de délicieux picotements sur sa peau.

— Et moi qui étais persuadé que je ne risquais rien ici, en présence d'Amy, observa-t-il à mi-voix.

En même temps qu'il parlait, ses mains descendirent vers la poitrine de Rosalie, qui ferma les paupières avec un soupir.

— Que veux-tu dire ? souffla-t-elle.

— Je ne me faisais pas du tout confiance. En choisissant un endroit plus romantique pour ma demande en mariage, j'aurais eu peur de ne pas me maîtriser.

Il déboutonna le premier bouton de son chemisier.

— Mais je me rends compte que peu importe l'endroit, je suis toujours incapable de résister à la tentation,... Nous devons nous marier de toute urgence, ma tendre rose.

Elle hocha la tête sans mot dire. Déjà, elle fondait de désir en s'abandonnant aux caresses de l'homme qu'elle aimait et auprès duquel elle se sentait en sécurité.

— Tu es tout pour moi, murmura-t-il en finissant de déboutonner son chemisier.

— Amy risque de revenir nous chercher, protesta-t-elle faiblement.

— Rafiq l'en empêchera. Mon cousin n'est pas idiot.

— On nous attend pour le petit déjeuner.

— Tant pis.

Quand il posa les lèvres sur ses seins, elle ne chercha

plus à résister.

— Le petit déjeuner attendra, murmura-t-il.

Et ils se perdirent dans l'ivresse d'une étreinte passionnée.

SON PRÉCIEUX SECRET, Lynn Raye Harris • *N°3040*

Arrêtée injustement aux frontières du Montebianco, Lily est bouleversée lorsque l'intimidant Nico Cavelli, le prince du royaume, surgit dans sa cellule. Car, bien qu'il semble avoir totalement oublié leur incroyable nuit d'amour, elle ne peut s'empêcher de redouter qu'il ne découvre son précieux secret…

UNE INSUPPORTABLE PROPOSITION, Kate Walker • *N°3041*

Lucy est prête à tout pour récupérer son fils. A tout, même à affronter l'impitoyable Ricardo Emiliani, l'homme qu'elle a épousé quelques mois plus tôt et qui l'empêche désormais de voir son enfant. Mais, si elle appréhendait son retour à la Villa San Felice, elle n'imaginait pas que Ricardo la méprisait au point de lui faire une proposition aussi humiliante...

TROMPEUSE RÉPUTATION, Kate Hewitt• *N°3042*

Depuis des années, Althea entretient une réputation sulfureuse et ne recule devant rien pour se faire remarquer. Epuisé par tous ces scandales, son père décide de la marier au richissime Demos Atrikes, un homme mystérieux qu'elle connaît à peine et qui la trouble profondément…

L'HÉRITIER DU PRINCE, Lynne Graham • *N°3043*

- Scandales et passion -

PREMIÈRE PARTIE

Lorsqu'elle comprend que le prince Jasim al Rais ne l'a épousée que parce qu'elle portait son enfant, Elinor décide de fuir le royaume du Quaram. Hélas, quelques mois plus tard, elle est bouleversée de découvrir que le milliardaire qui a racheté l'entreprise où elle travaille n'est autre que Jasim...

LA FIANCÉE DU CHEIKH, Carol Marinelli • *N°3044*

- Les héritiers du désert -

PREMIÈRE PARTIE

Depuis son enfance, Layla est promise au cheikh Xavian du Qusay, un ténébreux play-boy qui a longtemps repoussé la date de leur mariage pour mieux profiter de son célibat. Aussi, lorsque le grand jour arrive enfin, est-elle déterminée à prouver à cet homme méprisant qu'elle n'est pas la femme soumise qu'il croit épouser…

Attention, numérotation des livres pour le Canada différente : numéros 1607 à 1613

BestSellers

A paraître le 1er septembre

Best-Sellers n° 434 • suspense

Pour te retrouver - **Heather Gudenkauf**

Calli a été enlevée. Lorsqu'elle découvre que sa fille de sept ans a disparu, Antonia Clark s'effondre dans la chaleur étouffante de l'été. Qui lui a pris sa fille, ce petit être doux et rêveur qu'elle aime de tout son cœur et qui s'est étrangement enfermé dans le mutisme trois ans auparavant ? Elle a pourtant tout fait pour être la meilleure des mères, pour offrir, à Calli et à son frère, un foyer chaleureux. Et pour les protéger. Mais elle a sans doute commis des erreurs. De graves erreurs même. Désespérée, Antonia ne sait plus aujourd'hui à qui faire confiance. Doit-elle continuer à taire les lourds secrets qui pèsent sur sa famille, ou au contraire sortir de l'isolement et accepter l'aide que lui propose un ami d'enfance, le shérif adjoint Louis ?

Best-Sellers n°435 • suspense

Mortelle confidence - **Heather Graham**

Indigo. C'est le dernier mot prononcé par un inconnu qui s'effondre brutalement sur Jessy Sparhawk, en pleine nuit, un poignard planté dans le dos. A peine remise de ce choc, Jessy est assaillie par de terrifiantes visions de cet homme, animé d'un profond désir de vengeance. Cauchemars éveillés ? Divagations ? Et quel peut bien être le sens de cette confidence mortelle ? Terrorisée, Jessy se confie à Dillon Wolf, le détective en charge de l'enquête qui, immédiatement sensible à son récit, lui offre sa protection. Une protection bien utile car déjà, Jessy aperçoit l'ombre effrayante d'une nouvelle victime.

Best-Sellers n°436 • suspense

Dissimulation - **Carla Neggers**

Quand elle découvre que Norman Estabrook, l'un de ses amis, est en réalité un véritable traitre, Lizzie Rush, fille d'un célèbre agent secret, se retrouve face à un terrible dilemme. Car malgré ses réticences, elle ne peut passer sous silence le terrible secret qu'elle a découvert. Elle se résout donc à transmettre toutes les informations dont elle dispose au FBI, afin que Norman soit arrêté. Pourtant, en agissant ainsi, elle sait bien qu'elle se met en danger. D'autant que la police souhaite profiter de sa situation privilégiée auprès de Norman pour en apprendre davantage. Et c'est ainsi que bien malgré elle, Lizzie se désigne comme la cible de la vengeance de cet ex-ami .

Best-Sellers n°437 • thriller

Le cercle du mal - Karen Rose

Brisée lors de son adolescence par la mort violente de sa sœur jumelle, ainsi que par le suicide de leur mère, Alexandra Fallon n'a jamais voulu revenir à Dutton, sa ville natale. Mais l'horreur refait brusquement surface treize ans plus tard, lorsqu'un appel pressant émanant de sa ville natale lui demande de revenir au plus vite en Georgie : Hope, sa petite nièce de quatre ans, a été retrouvée enfermée dans un placard, en état de choc... Prête à tout pour venir en aide à Hope, mais aussi pour retrouver la mère de la fillette, Alexandra accepte de coopérer avec Daniel Vartanian, l'agent du FBI chargé de l'enquête. Mais à peine l'enquête a-t-elle commencé qu'une série de meurtres rappelant celui dont a été victime la sœur d'Alexandra vient de nouveau frapper la tranquille communauté de Dutton...

Une nouvelle enquête de l'agent Daniel Vartanian

Best-Sellers n°438 • roman

L'héritage des Selby - Lynne Wilding

Orpheline et enfant unique, Vanessa Forsythe a tout quitté pour suivre Bren Selby, un séduisant Australien qui incarne ce qui lui a toujours manqué. Car en l'épousant, c'est un clan qu'elle intègre. Un clan dont elle perpétue le nom en donnant naissance à un fils. Loin de Londres, la voici désormais maîtresse d'Amaroo Downs, un ranch perdu au milieu des terres inhospitalières de l'ouest australien. Mais les proches de Bren ne voient pas d'un bon œil l'arrivée de cette étrangère sur leurs terres. Avec courage, Vanessa s'en accommode. Jusqu'au jour où un scandale, surgi du passé, menace de détruire son bonheur si fragile. Se peut-il que l'héritage des Selby auquel elle croyait tant ne soit finalement qu'une chimère ?

Best-Sellers n°439 • thriller

Coupable innocence - Nora Roberts

A peine s'est-elle installée dans la maison que sa grand-mère lui a léguée à Innocence, Mississippi, que la célèbre violoniste Caroline Waverly découvre le cadavre d'une jeune femme sauvagement assassinée. Edda Lou a été torturée avant de mourir, et son corps porte la signature barbare du meurtrier : entailles, scarifications. Mais il y a pire encore : ce meurtre, le troisième commis dans la petite ville, est sans doute l'œuvre d'un habitant d'Innocence. Les soupçons se portent sur Tucker Longstreet, le dernier amant en date de la victime, qui avait eu une dispute avec elle juste avant sa mort. Caroline, elle, ne veut pas croire à la culpabilité de Tucker. Mieux même : le personnage la fascine.

Best-Sellers n°440 • historique

Le prince du scandale - Nicola Cornick

Pour sauver l'honneur de sa famille, Catherine Fenton a accepté d'épouser un scélérat, un félon qui soumet son père à un ignoble chantage afin de s'approprier son héritage. Un sacrifice auquel elle se résigne sans hésitation. Jusqu'au jour où elle rencontre le baron Benjamin Hawksmoor, un homme totalement infréquentable dont les liaisons sulfureuses et les dettes de jeu font jaser tout Londres. Subjuguée bien malgré elle par celui que tous surnomment le « prince du scandale », Catherine n'a d'autre choix que de lui résister. Mais Benjamin semble décidé à la conquérir et met tout en œuvre pour lui faire rompre sa promesse…

Composé et édité par les
éditions Harlequin
Achevé d'imprimer en juillet 2010

à Saint-Amand-Montrond (Cher)
Dépôt légal : août 2010
N° d'imprimeur : 100783 — N° d'éditeur : 15139

Imprimé en France